愿你能静守生活
愿你能走遍天涯

俊平大魔王——著

江苏凤凰文艺出版社
JIANGSU PHOENIX LITERATURE AND ART PUBLISHING, LTD

自 序

Preface

人生的目的不是享福

凌晨3点44分，突然醒来，才想起今天是编辑忧菌给我的最后交稿日。

十周年发布会临近，忙到飞起来，各种媒体采访、视频拍摄、活动细节、产品开发、技术合作连轴转。不过奇怪的是，这种忙碌的状态，反倒让我像秋天的松鼠收集橡果一般充实快乐！难道这就是传说中的“工作使我快乐，沉迷其中无法自拔”？（笑）

下定决心出这本书，整整花了一年半的时间，中间打了四五次退堂鼓。一方面是觉得，出书绝对是名家或者文化从业者才有资格做的事情，况且我现在作为一名创业者，人都“忙成狗”，出书感觉时间也不够；另一方面，因为自己也算是美妆护肤的博主，出书怎么着也应该是护肤保养方面的，结果，写了一本散文随笔？说不定会有人说，瞧瞧，他还能出书？

可最终还是天雪文化的老李和可爱的编辑忧菌姑娘把我说服了，他们用FBI调查般的精神，居然找出了我在不同阶段、不同网站上写的博客，配上我朋友圈发的照片整理成样稿发给我，我自己都吓了一跳，原来不知不觉中，自己断断续续写了不少东西啊，有些文字现在看起来……还蛮羞耻的！

于是，我们就开始一起整理原来的博文，我也从自己的印象笔记里面找出零零碎碎的文字。我和忧菌还见了N次面，在北京的咖啡馆、在杭州运河边的茶馆、在我的办公室，每次都聊到深夜，我们一起看稿子，找旧照片，争论书名，确定封面……然后又经历我无数次的拖稿以及忧菌同学无数次的温柔催稿后，这会儿，我终于能坐在这里写最后的作业——自序了。

现在已是杭州的深秋，窗外飘来淡淡的桂花清香，房间内空气也是微凉，周围无比安静，我坐在这里，突然想到，自己从学校毕业，走了一条怎样蜿蜒曲折的路啊。那么，走到今天，成为现在的样子，每一次都是自己的选择，还是老天爷冥冥之中给我安排好的呢？好像也是个无解的问题吧。

我又想起来，刚进大学的时候，学校发的小册子里面印了竺可桢校长的两个问题，“诸位在校，有两个问题应该问问自己：第一，到浙大来做什么？第二，将来毕业后要做什么样的人？”当时看了还觉得特别好笑，心想第一个问题恐怕门卫才会这么问吧。第二个问题这么空洞，不知道老校长在想什么。

后来，第一个问题，在四年之后，毕业之前，得到了些许感悟，就像老校长在当年演讲中提到，美国大文豪罗威尔氏说：“大学的目的，不在使学生得到面包，而在使所得到的面包味道更好。教育不仅使学生谋得求生之道，单学一种技术尚非教育最重要的目的。”说白了，上学不是去学习一门技术，而是掌握一种学习的方法和独立思考的能力。“要能即事而穷其理，最要紧的是要有一个清醒的头脑。而清醒的头脑，是事业成功的基础。”于是我们便带着这样的一腔热血进入了社会。

毕业之后，以一张文科生的文凭，进入游戏行业成为IT男，又因为身体的原因辞职，去学习自然疗法，开办工作室和SPA馆，又因为兴趣所致，研习化妆品配方，创立了自己的品牌，这样一路下来耗费将近十五年的青春，突然发现心底对第二个问题隐隐约约似乎有了些答案。

很多人都问过我这个问题，说你之前的经历，跨度怎么那么大啊？

其实，最初辞职只是一方面自己身体状况糟糕，不想再从事那些身心皆疲的事情，至少辛苦了几年享享福吧。重新回到杭州之后，烦躁焦虑的心慢慢平静下来，能够在小店静静地守着生活，也能每年花上不少时间，借着工作之名去世界各地游学旅行，这些年下来也算是走遍天涯了吧。有时候心想，这也不错，中国人传统的希望还是想要享福。我们这一代人年轻时候的志向多是开一家咖啡馆，或是能环球旅行。说到底，都是希望能享福吧。

从五年前，我在SPA馆的一位顾客的鼓励下，创立自己的品牌开始，生活又悄然从宁静走向忙碌。后来因为一直在微博上分享知识，受到不少人关注。我发现不管是努力做好产品，或者用心拍一条科普视频，都能够给人带来一点帮助：有时候可能是皮肤的一点点改善；有时候是对健康保养问题的一点点领悟。甚至把自己看过的美丽风景、经历过的美好小事，对生活的感悟和憧憬，通过文字写出来，分享给大家，也是一件很棒的事情。

于是，虽然重新忙碌了起来，却越来越快乐，因为我开始意识到，人生的目的不是享福、工作的目的不是赚钱，而是和人们分享、为人们服务。

我只想要做一个，能给更多人带来健康和美的人。

——俊平

2017年10月18日 写于凌晨

目录

contents

目录

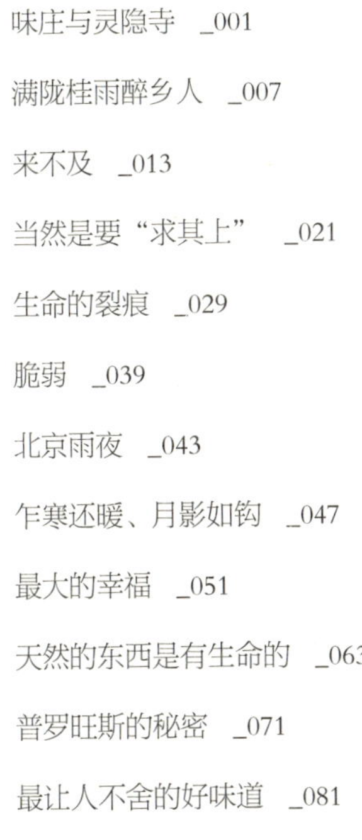

目录 contents

VIN
CLOS D'ALZETO
ICI
HERE
ICI
HERE
BIÈRE PRESSION

万物皆有裂痕，那是光进来的地方。

——莱昂纳德·科恩

味庄与灵隐寺

味庄

记得2008年的时候，好友陈萍来杭州。我们俩按照惯例在杭州下馆子、做年终总结、搞信仰活动……

冷风冷雨中见到她的时候，看上去气色有些差，让我很想要责怪一下这恼人的天气。

我们先去了味庄吃饭，凉菜是杭式素鹅和超大盘子装三小块的豆腐干，蟹柳炒荷兰豆最是爽口鲜美，酱肉豆干蒸笋干的肉香笋鲜配上了清炒豆苗的淡雅味道，很适合味庄的雅境。吃过了我们都爱的榴梿酥后，都有点饱。糯米熏鸭这道菜上得晚了些，不过一层糯米一层鸭肉的美味还是让我们忍不住动了几筷子。在西湖碧绿湖水边的别墅里面，两个坐在温暖卡座中的人开始谈天说地，把一年未说的话都当作年终盘点似的发表了一番，然后互相感慨：每次见面都是年终总结啊。窗外有一树寒梅育蕾未放，静静的湖面上雨点很密。

由于都吃得晕乎乎的，二人疯狂地决定在这冰冷的雨夜走走，于是一头扎进了花港观鱼郁郁森森的树丛中。鱼池是漆黑一片看不见半点鱼影，倒是几棵大树长在池中，颇有些威严。

穿亭走榭，踏水踩雨，树影随心动。夜色下，沼泽中，湖面反射出对岸城区繁星般的灯光，照在雾霭缭绕的雨气中，渲染出神秘而悠然的味道。聊着一些或恐怖或温情，或正经或无聊的话，一不小心踏入了国学大师马一浮故居的蒋庄宅院。我们站在“真赏楼”前小感叹了一下揖湖的风月，两棵百年老桂树已桂枝无香。不过，到底是腊月冬夜了，也没可能像前些日子看到它们时那样落下一地香桂雨，要真落了下来，怕是要吓到我们两个不速之客了。

走到院子侧门准备走苏堤回南山路打车，无奈发现已经是铁门大锁，老藤爬墙，走不通了。只好回转掉头，准备折回原路。巧在后来，嗅到一缕腊梅暗香浮动，于是我们决定寻香而去，不想却找到了一条通幽捷径，顺利地上了苏堤。

上出租车之前，冷雨开始幻化成冰子，一会便飘起了小雪，这让在寒风中走了N久的我们倍感湿寒彻骨，于是赶忙驱车前往新天地的星巴克。一杯津姜摩卡和一杯香草牛奶，我们打开笔记本抓起英文杂志，开始了丢人的英语学习时间。

作为接受过高等教育的曾经的互联网行业“白骨精”，两人在一些客观以及主观的原因共同作用下，基本上变成了英语文盲，于是“啊！老天，这个单词怎么读！”“快查金山词霸！”之类的惊呼，在新天地星巴克的二楼此起彼伏，最后连过来清扫的星巴克伙伴也不忍而扑哧。害得二人丢盔卸甲，愤愤不平地离开了那个暖气熏人惬意舒服的地方，各回各地，各睡各觉。

灵隐

在前一夜，我们网上确认今天是一个祭祀的好日子之后，文盲二人组决定一早上灵隐烧香拜谒，求菩萨一些碎事儿。

还是一路的滴答冷雨，不过身在佛门的清净安宁，这冷也让人无心体会了。一路众佛都怀着虔诚的心先略过了，两人直奔大雄宝殿，请了寺庙的供香开拜。刚在天王殿向弥勒佛和四大天王报了家门，就听到上面大雄宝殿里面佛音传来。凑上前去，才发现恰赶上了大师父和僧众在早课念法事。

众僧吟唱的经文是一点都听不懂了，只是和着钵缸、木鱼、磬、九音锣等器乐敲击声，经文由不同的僧人声声高唱，一声高过一声，但最后都归一成了一个声音，这居然编曲上像是卡农式的和弦呢。在这种吟唱下，只要闭上眼，合十了静听，心境便会慢慢安定下来。

听完法事，便在寺院里面走走看看，看到佛经碑刻什么，也用着心去念了一遍。走到最高处的药师殿，本应开阔的视野被雨岚遮蔽，隐约看见群山，还是苍翠无比完全看不出冬的萧索。

下山的路潮湿且滑，两人走得很是费劲，但还是折了一道去看了眼石弥勒，望着他千年未变的笑容，我突然很想知道自己一辈子的笑容加起来会是多少时间。

后来我们坐车走出十里云松，在黄龙洞下车，直奔陈萍同学推荐的一家菜馆：凤爪、油爆虾、美极香蒿、荠菜冬笋……吃的都是农家菜，食材极其新鲜，那是大饭店做不出来的美味，加上一道山参黄芪本鸡汤，好好滋补了一下空落落的肚子和不再空落落的心。

这一餐一直吃到两人都恍惚了，这才罢了手，停了嘴，走出餐馆，上了出租，说声再见，她赶她的火车，我回我的店，人生未完待续。

满陇桂雨醉乡人

那天和一位调香老师傅聊起这件事，他说突然想起来自己有一批压箱底的桂花原精，回头去找找看，翻到了可以给我寄点试试。

结果收到以后，我一看标签，吓了一大跳，简直不敢相信自己的眼睛，居然写着1985年产！我马上抓起手机给老师傅打电话确认，对方说确实是三十年陈的，都说了压箱货嘛。瞬间惊呆！什么概念？！三十年前的桂花原精！三十年前我才五岁啊！（不要问这东西三十年不会坏吗？很多精油都是越陈香气越细腻，我在保加利亚还闻过一百年陈的玫瑰精油呢！）

于是我迫不及待地开盖试香，一鼻子下去，醉了，还是桂花那甜美细腻的香气，但是比起新货的上扬清新，这支独有一种沉沉岁月的温暖气息，脑海深处的记忆一下子被唤醒。

桂花香应该是每个老杭州人心中深刻的记忆，那一首《八月桂花香》也唱出这个城市的悠悠历史。每年农历八月中旬，天气突然转凉后阳光灿烂的日子，满城的桂花树一瞬间开满黄色的小花，暗香浮动，慢慢地，整个城市的空气中，就都充满这甜美的桂花香气了。

记得小时候，外婆家院子里有一棵很大的桂花树，每年桂花开花的时节，院子里面的老人家们就会带着我们，让我们用报纸铺在桂花树下的草地上，然后孩子们就派上用处啦，我们可以尽情地摇晃树丫，让树上的桂花落到地上，就算小花朵钻入脖子了，我们也会一边咯咯地笑，一边用手不停地折腾。大大的桂花树被我们挠得痒不可耐，浑身乱颤，任凭金黄色的桂花好像雨点一样落了下来，让大家都开心得合不拢嘴。

收集到的桂花，会被外婆们放在竹篦子上晒到半干，挑去杂质、树叶和树枝，放入一排大大的玻璃罐子，然后放入早就切好的姜片，倒满金黄色的山茶油，浸泡十天左右，如果天气晴好，我们都要把罐子搬到院子里晒太阳。

十天之后，用纱布过滤掉桂花和姜片，把浸泡油倒入一个个精致的小玻璃瓶，这就是江南最传统的桂花油啦！这瓶桂花油可以用来抹头发。江南的女孩子知道，洗完头发，只要用几滴桂花油，头发就会乌溜发亮，还带着满头的桂花清香，男人家走过身边，都忍不住吸溜鼻子闻呢。

我突然就蹦出了一个想法，为何不用手头的桂花原精做一款复刻版的桂花发油呢？经过几次配方调试，为了照顾大家的使用感受，把原版里面略黏腻的山茶油换成了摩洛哥坚果油和椰子油，配合桂花原精和姜精油，淡淡坚果香气配上桂花，再来点红橘精油，完美！

做完桂花发油还不过瘾，想到如果身上也有淡淡桂花香气，那也很美，走来走去，就好像一棵移动的桂花树有木有，于是说干就干，立马动手又做了一批桂花香气的沐浴露和身体乳。

我给这三样桂花香的宝贝起名叫“满陇桂雨”。杭州有一个地方叫

满觉陇，是宋朝皇家的桂花园，那一带有数千棵老桂树。每年秋天桂花盛开，满园飘香，秋风一吹，一粒粒小小的桂花就像雨点般纷纷落下，场面甚是醉人。

其实，这三十年陈的桂花香，可能这一生都不能够再碰到。我也曾想过要不就自己收藏起来算了，可这样一份有关岁月的记忆，又特别想跟大家分享，好东西存在的价值，不正是被更多人所使用吗？就好像一个人的存在价值，也是能够为更多人服务，而不是待在某个角落孤芳自赏。

来不及

今天是清明节，人还在公司里面忙着，老妈打电话来说今天她和老爸去乡下上坟，我说替我给太婆上一炷香。

太婆就是我妈妈的妈妈的妈妈，一个生育了一整个大家族的有着三寸金莲的老太太。我们家族五世同堂，光我这一辈的就有几十个。而我正好是第四辈里面的第一个，虽然不是继承姓氏的长孙，但是她最为喜欢、记挂的确实是我。

太婆一直活到九十九岁。印象当中，她脸上有着深深的岁月沟壑，由于肌肉萎缩，黝黑而干的皮肤基本上是贴着骨头，因为总是弯曲着身子骨，个子只有我的一半高。

但是，她绝对是一个硬朗得很的老太太，九十岁高龄的时候还拥有惊人的听力和健全的牙齿，头发也还基本乌黑着，而且总是能够颤颤地用她那三寸金莲，走来走去，忙活着自己的细细碎碎。打水、拾柴、做饭、洗弄……样样利索。

记得她老人家九十岁大寿那天，大家都在那个小村庄上古老的宅院里面忙碌着，整个大院包括门前的石街都摆上了流水宴，而太婆则被安

排在中庭的大椅上坐着晒太阳，她微微笑地看着孩孙们张罗着，暖暖的阳光晒得老人家眯起了眼睛。我转头看到这样一幅安详无比的画面，心里面那种宁静的美好，无法言喻。

正好伊也看到了我，她显得很高兴，很精神地笑了起来，然后便招手示意我过去。我便走过去半跪在老人家身边，她偷偷地咬着我的耳朵说，“平儿啊，陪我来掘笋，我坐得腰酸。”

于是我们祖孙二人便假装去厕所，偷偷溜到后院，带上工具，她还特意挎了一个篮子，说：“现在的笋正好吃，咱们去挖几支新鲜的，你带回去吃哈。”

后院门外便是一座小山丘，种满了细竹。那是早春的明媚天气，碎碎的阳光有如无数道金色的绳线，交织在青翠的竹林里面，太婆很是高兴地穿梭在当中，指点着我每一个下手的地方。她有着神奇的本事，指着平平的地面，说，“挖！”然后我一锄下去，肯定能够出土一支雪白滚胖的嫩笋，而那种笋便是最最好吃连壳都没有开始变黑色的“孵鸡笋”。

那天，我们两个玩得实在太高兴，直到大家都发现老祖宗“失踪”

了，满山遍野地喊，才把我们两个野出去的魂给招回来。

我也特别喜欢吃太婆做的咸菜，咸菜炒春笋，真是绝好的清爽小菜，但是因为产量非常稀少，成为我们家族里面的抢手货。一般小孙们是吃不到的，而对于我这个长曾外孙，她确实特别地眷顾，每年必定保证有两罐子托人送到杭州。

那年我考上大学，她老人家特别地高兴，说，“咱们第四辈出了第一个状元郎啦。”那天就打电话颤颤地问我想要什么。我说喜欢太婆亲手做的咸菜啊。老人家居然当天就召集了好多人，从菜园里面收完了所有的芥菜，花了一个月，做了十几坛子的咸菜，凤驾亲自送到杭州。我看到伊捧着一个精致的小坛子乐呵呵地从车子上下来的时候，眼里面的泪花转得厉害。

本以为，这样矍铄异常的老人，就和天上的仙人、太阳每天升起一样是永恒的。直到那天在北京的家中，接到了母亲的电话，她只平淡地说了一句，“太婆去世了”。

当时双腿好像突然被抽去了骨头，猝不及防地软了下来，扑通地跪在地上，向着南方狠狠磕了三个头，眼泪却没有流下来。

我能够理解母亲的平淡，我听到这个消息的时候，痛极而悲切的心情完全被一种安宁的感觉所牵引，化作了清风。我相信这是太婆的心情，我也相信我们祖孙之间的心灵相通。因为后来听说，太婆在离开之前，只是跌了一跤，然后便一直躺在床上，没有生病，仅是食欲差了一些。她精神一直很不错，还牵挂着我这个远在千里之外的曾外孙，总是幽幽地念叨，“要是平儿在，我一定还要爬起来和他去掘笋。”但是，她又决不让家人联系我，说她会马上好起来，这点小事不用让我这边担心。

因为确实没什么病痛，医生来看了以后，也没有什么意见，只是让家人好好照顾。

有一天，她突然变得很高兴，和照顾她的家人又说起了我，她准备参加我的婚礼，要帮我做很多咸菜。然而，就在那个夜晚，太婆便静静地睡着，安详地闭上了看了这个世界一个世纪的眼睛，再也没有醒来了。

到现在，我还是没有为太婆的离去流过眼泪，因为我能感觉到她老人家的心情，是不希望我这样的吧。小时候算命的时候，就说我族缘薄，会离开自己的亲人到远方生活，逍遥云游麒麟命，虽然玄乎，但是倒也符合目前自己的状况。即使是这样，太婆还是将最多的关爱给了我这样一个不能陪伴她、孝顺她，都不能赶去见她最后一面的小辈身上，甚至自己都不能完成让她参加我的婚礼的心愿。这种痛彻而活的心情，常常让自己愧疚万分。

但是，每每安静一个人的时候，抬头看天空的时候，我总能感觉到那慈祥的脸。很多次，自己碰到不顺心而摇摆不定的时候，总能冥冥之中，听到一声，“挖！”这样的声音，可以鼓励我自己不再畏惧，大步向前。

当然是要“求其上”

大学兼职的时候曾经做过各种五花八门的职业，也都还蛮有趣。记得大二那年，帮艺龙做“特约商户签约”，说白了就是跑各种“酒店”“酒吧”“KTV”这些地方，找相关负责人，和他们谈成“艺龙特约商户”，这样别人持艺龙卡到这里消费，就可以享受折扣。事情缘起自偶然认识了一位大叔，在此之前我在一家咖啡馆做服务生，那位大叔算是常来的客人，经常就是约了人谈事情。有一天他结账的时候问我，“你每个月能挣多少钱？”我当时就很自豪地回答：“八百。”对于那时候上大学每个月生活费四百块钱的我来说，已经是很不错的。然而没料到大叔很认真地看着我说，“其实你可以挣得更多。”我一愣，于是继续聊下去。

后来我了解到，他从事互联网行业（当时正是互联网火热的年代），前一段时间从北京到杭州来开拓市场，他问我有没有兴趣加入。我一想，反正很快就暑假了，刚好能有整段的时间去外面跑，我觉得可以一试，便答应了他。当时公司给开的条件是每签成一单商户，可以得到三十元的酬劳。签商户这件事对我来说应该不会是一件难事，三十元一单的酬劳也还说得过去，如果签上一百单，就是三千元的收入，这样一来，就变得很有挑战。于是那个夏天，我骑着单车，穿街走巷，吃过闭门羹，也和一些商户成了很好的朋友，第一个月就拿到了两千多。后来公司认可了我的能力，之后大叔还为我申请了每个月一千两百元的底薪。

再后来，因为这份工作，我认识了当时艺龙的网站编辑。他有时候

会去一些商户拍摄照片，编写这家店的简介放到网上，我就会和他一起去，两个人很聊得来，于是很快就成了特别要好的朋友。他是一个电影爱好者，加上我自身学传媒广告专业，和他志趣相投，时常会和他一起看一些电影，互相分享心得。那时候他就和我讲，现在公司发展是不错，自己收入也还不错，但其实他真正的梦想是拍电影。那时候浙江台里有个领导希望他去，只是薪资开得要比现在低不少，他就突然问我他到底要不要去。我听了之后就立马和他说，“去啊！如果这是你的梦想，那你就去啊。”他还是纠结，我就说，“你这个人啊，别纠结了，去吧去吧，你肯定没问题的。”

后来他就真的去了。他到了台里负责一个节目，我就过去给他帮忙做编剧，我还蛮喜欢写这样的小短剧。同时我还介绍了一些自己的同学过来助演，没想到的是，这家伙和我大学时非常要好的一位女同学互生情愫，勾搭上了！缘分来之不易，我当然是要撮合他们了。

时至今日，他已经是在影院上映过几部电影的导演，和张涵予、文章等演员都合作过，稳打稳扎地实现了自己的梦想，也和我那位要好的女同学结了婚，还有了一个可爱的女儿，日子过得十分幸福。其实我觉

EXIT

得有些人之所以会成功，首先还是那勇敢的第一步，然后坚持做自己真正想做的事。而不是活了半辈子，总在被岁月磨平头角，还没展露出才华，就已然安于现状，随波逐流地过生活。

记得后来我大学毕业，面临两个选择，一是继续进修，考研究生；二是去做自己感兴趣的事，直接工作，当时我对互联网游戏是很感兴趣的。家人对我永远是支持有加，特别是外公。他和我讲，如果决定去做，考虑清楚，就不要犹豫。以我的性格，我觉得凡事一旦决定去做，那就要去争个数一数二。不论我这位导演朋友的经历也好，还是自己的，事实证明，你越往上去定目标，你最后得到的结果就越不会差。

再说到高中的学生年代，当年高一成绩还很差的我想考浙大，那时物理这门科目还是“学渣”的我被教英语的班主任鼓励，她找我谈话时问过我：“你物理现在这个样子，想考浙大，那你觉得你物理要考多少分才够？”我不好意思地说：“首先要考60分，我得先及格才行。”她认真地和我说：“你要是定目标的话，就定100分。”我笑了说我肯定考不到啊！她继续说：“你不是要考浙大吗？如果你给自己定的目标是及格，那你很可能永远都考不及格的，但如果你给自己目标定100分，那么你至少能考个八九十分吧。”

于是我奋起直追，用了一个学期就把物理这门功课提升到每次考试都能拿到90分以上，最后也如愿以偿地考上了浙大。有句古话：“求其上者得其中，求其中者得其下。”那么，人这一生，当然是要“求其上”咯。

生命的裂痕

一

还在北京工作的时候，我周末得空了，就喜欢下厨房整几个小菜，呼朋唤友来家里吃饭，番茄黄瓜炒鸡胸肉、辣白菜炒五花肉、豆腐鲫鱼汤、梅干菜扣肉、丝瓜炒蛋、油爆明虾……没有什么所谓拿手菜，看能买到什么新鲜食材就想办法弄一桌。

有时候在家里做碗面，也会像要拿去上桌卖一样，摆个盘，生活偶尔也要讲究一点是吧（笑）？有一次，我请助理王帅，这个地道的北京小伙儿周末来我家吃饭。当时他就拉着身边另外两个小兄弟说，“好啊！有啥硬菜不？”

我说：“红烧肉。”

他说：“红烧肉？”哈哈哈大笑了三声说，“红烧肉，我告诉你啊，我妈做的红烧肉那个香啊，我跟你说……”然后巴拉巴拉形容了一番他母亲大人惊为天人的手艺。

然后我就说：“那你周末来吃吃看，可能江浙的东西和北方的做法不一样。”

后来，他来我家吃饭，边吃边说：“哟，方哥您做的这个是真香啊！”一边筷子不停手地往碗里夹肉，一边接着说，“但是我跟你说，我妈做的红烧肉那个香啊……”巴拉巴拉地又说了一遍。

我说，“你上次和我说过一遍啦。”他说“哦哦哦哦”，讪讪地笑了，紧接着又说：“可是，您做的为啥比我妈做的还好吃呢？”说完还用他那祖传的丹凤眼，挤出一个谄媚的笑容。

我和另外一个同事被他逗得扑哧一声笑出来，齐声骂：“真是个马屁精！”

他继续谄媚地嘿嘿笑着，又边吃边问道：“你们这南方的红烧肉是怎么做的啊？”

我说，“大体做法应该差不多，先把五花肉切成方块，用油过一遍，再下少量盐，生抽、老抽、冰糖、姜块、蒜瓣、香料……不过我猜可能不同的地方在这儿——黄酒，我们是要用一整瓶黄酒烧出红烧肉。”

他一边吃着一边惊讶地感慨：“难怪！北方用的是烧酒啊。”

我更加感慨地接了一句：“是啊，南方和北方有很多地方不一样

STUDIO VOICE
KRAFT
100%
Cheese

的啊。”

那时候，我最常去买菜的地方是中关村的家乐福。

二

说到家乐福，有一件终身难忘的事情。2005年开始我渐渐发现自己很难入眠，有时候甚至睁着眼睛，就看到窗外天色从漆黑变成鱼肚白。于是，拖着身子，摇摇晃晃去冲凉，摇摇晃晃去上班。常常就感觉什么事情都没劲，工作没劲，吃饭没劲，出去玩没劲，什么都不想干，只想躺在家里，手机关机，谁都别来，哪儿都不想去。

那天加班到晚上八点多，想到家里冰箱空了，于是去逛了一下家乐福。从超市出来手里拎了一袋东西，游荡在中关村广场，身边车来车往喇叭声声，昏黄的路灯恍恍惚惚，突然觉得自己就是个孤魂野鬼，好像这个世界并不缺我一个，不知为何有了想去往另一个世界的念头，就朝着前面的学院桥走去。

当我晃晃悠悠路过一个公交车站时，正好挤进一群正要上车的人中。我默默跟在队伍最后面，等他们都上车了，我就准备继续往前走。

这时候一位胖乎乎的售票员大姐从窗户探出头，对我喊：“唉，您上不上来啊？”我深深看了她一眼，也许是被她的口吻震慑住了，想着好吧那我就上去吧。真的是莫名其妙就上了这辆公交车。

随后，公交车一站一站，穿行在这个城市，车窗外的光影和脑海中的画面开始交织，巨大的建筑好像披着闪闪发光鳞片的怪兽，路灯和黄头发的行道树摇曳摆动欢呼，宽阔的马路上车子好像受惊了的动物一般往前狂奔……

开了很久，从四环边上开到了奶子房，到了终点站。车上最后两三位乘客下了车，售票员看到座位上毫无动静的我，开口问道：“您不下车了吗？”我支支吾吾地解释说，“我坐错车了，我还得坐回去。”售票员淡定地“哦”了一声。刚好这是趟环线，于是，我坐着这辆公交车，又往回走。

望着比刚才更加清冷的灯光车影，马路上的行人越来越少，重新回到四环边上时，已经是半夜十二点多。我下车，吸了一下鼻子，空气似乎很清爽，拖着沉重的身体，此时的我只想回去狠狠睡一觉。

说真的，如果不上这班公交车，我可能就走到学院桥，纵身一跃了

吧。但就是在你生无可恋的时候，突然有人冲你喊："唉，您上不上来啊？"就一下子把你拉回到了人潮之中。

有时候，我们并不在意自己说的某一句话，但有些话能帮助人，也有些话能够伤害人。有时候，无心的一句话，甚至能够救人命！就好像那位售票员大姐，她可能永远都不会知道，自己曾经救过一个年轻人。

三

也许是这一次经历，我变得开始和之前有点不一样，又或许是因为痛苦到达了顶点的时候，它自然会慢慢降下来。但也是这一次与"死神"不怎么惊心动魄地擦身而过的体验，让我突然开始正视自己的健康，自己的生命。

接下来的7月，我回了一趟杭州，去医院做了全面的身体检查，与很久不联系的同学朋友聚在一起喝茶聊天，陪父母做饭吃饭。北漂了这么久，这一次回归，把身上的负重一点一点丢掉，把心头的那些灰尘细细地清扫，如释重负。

我决定比以往更真实地去面对自己，而不再总把自己活得像个超人。“只许成功不许失败”“每时每刻都要一个完美的状态”……这些都通通抛开，做回自己，随心而活，这不仅仅是为了战胜病痛的折磨，而是一旦这样做了，其他意想不到的改变也会悄然而至。人生最大的喜悦，是能真切地感知、发现原本的自己。

再回到北京，仰头望着自己奋斗了好几年的写字楼和楼顶的蓝天，我决定辞去工作，卖掉北京的房子，回杭州定居。我不准备在中关村继续做IT青年了。

每个人都会经历痛苦，生活会在我们身上留下一道深深的裂痕，但透过裂痕的缝隙，你会看到生命的光芒透出来。

脆弱

最近连绵的雨雪让人变得脆弱，我再一次陷入了一种低落的情绪。

巧的是在去年的这个时候，也是一个情绪的低谷期，我还清晰地记得那时在公车上自己快要爆炸的感觉，好像每一年都会因为某种转变而彷徨失落。人总是在摇摆不定中，痛苦着。

不同的是，那时候，我可以任性地跳下车，在人潮汹涌的中关村漫无目的地游荡，吃到撑后，坐在四环边上看车流到午夜。而现在，我必

须强打起精神去鼓励身边的人，做每一天都不能断了的事情，逼自己看其实一点都看不进去了的书，因为有了这个叫事业的东西在牵绊。

朋友一直说我喜欢当自己超人，其实没有人能一直坚强，我真的想宣泄这种脆弱情绪。

于是我哭了一小下，然后继续坚定地前行。

北京雨夜

窗外是微冷的夜雨，潮湿的泥土味道特别特别的浓郁，也许只有在北京这样地气之重的地方，才能嗅到如此浓重的泥土味道吧。

想起几天前在杭州的雨天，那雨的味道是一种清新的草儿的香味，如果走在街头，还有花香、树香、阵阵女人香。

但是，现在的感觉，这样浓郁的泥土气味，居然是让人那么的心里

惬意。

北京极少下雨，一旦下起雨来，某白便会很是高兴，恨不得能杵在雨中，狠狠地被淋一下。当然，下雨少，满是尘土的北京，也没少被某白嗤之以鼻过。不过，或许是太稀缺了，今天在雨中随着尚未被雨水浇透的风儿狂奔的感觉，相当让人兴奋呢。

不过……

现在的我，也许……已经……有那么一点点……喜欢上，这里了吧。

痴痴地靠在开着的窗边。

雨落滴答，风微凉，吹到裸露在空气中的皮肤上，丝丝的寒意让自己感觉很干净……

乍寒还暖、月影如钩

今天去公司加班，然后跑去旁边的大学打了会儿篮球。

没想到灰暗的天色好像幕布一样快地拉了下来，看到路灯一盏一盏地亮起来，正好肚子也饿了，只好悻悻地背起包往家里赶。

暖风开始吹拂起来，寒冷的空气却也尚未完全撤退，两种不同温度的空气不停地相互搅动，然后慢慢融合。

而此时吹到脸上的风儿，还真是瞬息万变，忽冷忽热的感触每秒都能够交替几次甚至几十次。甚妙！

街上的声音很嘈杂，抬起头，却看见了如钩的新月，清秀地被镶嵌在了墨黑墨黑的天上。

盯着这样的瘦月，整个世界都好像安静了下来，只有路灯下的条条树枝，抽出了嫩绿的小手，狠狠地伸向那天空的月……

最大的幸福

我这个人有点小折腾，在探究护肤品原料、配方的路上，每一阶段拿到一个满意的配方后，过一段时间，我又会开始纠结，这样就真的是最好了吗？于是又开始想着如何提升和改进配方，推翻旧配方，开始各种折腾。总归是因为自己总怀揣着强烈的求知欲和好奇心，不断和自己较劲，说难听点就是喜欢“作”。

从开始做产品开发，我们就在思考是不是能够用更多的天然物质来代替化学合成的原料，世界上是不是存在完全天然的乳化剂呢？刚开始第一代乳液用的是橄榄乳化蜡，第二代则开始用大豆来源的卵磷脂，虽然是两种天然来源的物质，但要想成为乳化剂，还是必须要经过化学合成的过程，在我心中总是留下一个小小遗憾。直到在2014年的PCHI（中国国际化妆品、个人及家庭护理用品原料展览会）上，我们接触到了日本特科诺宝研究所，他们提到有一项技术，很可能帮我们达成这一心愿。了解到了由大米和乳酸菌发酵的产物，不仅可以拿来做乳化剂，它本身还是一种镇定抗炎的活性物，这简直太完美了！

于是我们立即动身，赶往这家位于大阪的研究所。我们仔细地讨论

这项技术如何运用，在实验室做基本配方摸索，还兴奋地发现我们是中国第一个准备采用米发酵乳技术的公司。

日方研究所还带我们参观了原料的源头，日本篠山市的越光米种植农场。我们来到青山环绕的农场，一眼就望到正在金黄色稻浪中劳作的井关先生。井关先生见到我们很热情地招呼着，等劳作结束后，我们闲聊起来。

井关先生讲道："三十年前，农业还是日出而作、日落而息的形式。我们来到这里后每天的劳作成了通勤。一天劳作的时间从早上七点开始到晚上五点结束。在我父亲的那个年代，比起'质'，人们更看重'量'。而在我这个年代，人们则越来越重视'质'，大家都希望能吃上安全安心的食物。但在比较贫困的地区，可能当地人还是会更注重'量'。可是不论如何，有一个凌驾于'质'与'量'之上的坚守，那就是'让人吃到安全安心的食物'。如果我们的子孙吃我种植的水稻，我会有顾虑，那么我的水稻种植就没有意义了。"井关先生的话让我们动容。

我们到的这天才知道，今天正好赶上井关先生教来这边体验生活的小学生们用传统方式割水稻。孩子们井然有序地围在井关先生身旁，认真听着井关先生的讲解。井关先生每年都会为来种植场学习的孩子们悉心教导割稻子的方法，这一做，就是二十年。

孩子们在金色的稻田里认真地割着稻子，风一吹，稚嫩可爱的笑脸在金色的波浪里若隐若现。这样的实践活动，让孩子们小小年纪就切身体验到了食物的来之不易，劳作体验会让他们更加爱惜粮食。与此同时“对品质的坚守与追求”或许也在每个幼小的心里，埋下一颗懵懂的种子。井关先生二十年如一日，育米育人，更孕育了一种坚持和品质。

那天晚上我们住在井关先生的农场，用他们家的越光米煮咖喱饭，每一粒米都甜美而有弹性，在唇齿间能够留下绵长的香气。我们都忍不住和井关先生说，“你种的米实在是太好吃啦！”他听到之后黝黑的脸上，绽放出开怀的笑容，发出农人特有豪爽的笑声，回荡在稻田上的星空中。

到原料生长的地方去探寻它本来的样子，本身也是一件有趣的事。之前我在超市总能看到一包一包的黑豆小零食，它们包装上面都写着“丹波黑豆”。正好我们米能量面霜里面也有用到黑豆水解提取物，我

VY34
Reserda

MITSUBISHI
MITSUBISHI
34

就好奇，想看它们的原料。研究所的研究人员告诉我说，丹波离我们所在的新潟不远，于是我们就直接开车过去了。

我们在开车过去的路上刚好是清晨，淅淅沥沥的小雨过后，沿路一片又一片的小丘陵，翠绿色深浅相间。山岚飘荡在半山腰上，就好像是披在翠绿丘陵上一条轻盈的裙带。迎着一路清爽的风，我们随后抵达了黑豆种植员菊水先生家中。

菊水先生有着微胖的身躯，笑容亲切和蔼，热情地招呼着我们。于是我们边喝茶边聊了起来。我好奇地问他：“您的黑豆都是有机种植的，你为什么会想种有机的呢？”

菊水先生认真地讲道：“在以前，我和大家种植黑豆的方式是一样的，直到有一年，我的妻子和孩子身上突然都过敏，全身都在发疹子，吃药也没有用，被疹子折磨得苦不堪言，最后两个人都住院了。”

菊水先生抿了一口茶水，继续说道：

“后来妻子和孩子的病情好转，我向我的医生朋友了解到，可能就是因为我们平时种田的时候喷洒农药和杀虫剂，我的妻子和孩子的体质很容易对这些化学药剂产生过敏。但是只要你还使用这些化学药剂，就没有办法避免这个事发生。”

讲到这里，我清楚地看到菊水先生懊恼地拍着自己的额头，当年对妻子与孩子的愧疚感又涌了上来。也正因为这件事，菊水先生放弃了传统的种植黑豆方法，改为有机种植。

起初在有机认证后的第三年，菊水先生收获了比平时产量要少很多的黑豆，但也正因为采用了有机种植的方法，黑豆比以前长出来的颗粒大又饱满，反而品相好了很多，更受市场欢迎，价格也可以比之前卖得更好。也正是在有机认证种植后的第三年开始，菊水先生发现自己的妻子和孩子再也没有出现身体过敏的反应。

所以，他决定坚持做这个事情。起初是为了家人，到后来，有人专门跑过去和他讲，“您种的豆子很好吃，我们很爱吃您种的豆子。”就这样简单的话语，却给了菊水先生最大的鼓励。菊水先生说，“能看到

人们吃我种的豆子很开心，我觉得这是一份有价值的工作。这个肯定是任何东西都无法取代的。”说完憨憨地笑了。

告别菊水先生，我们驱车回大阪，山峦不断向后退，夕阳给森林和稻田撒上一层金粉。其实，不管我们是绞尽脑汁地从技术上不断钻研、革新，还是像井关先生和菊水先生那样用最单纯的方式，辛勤耕耘，坚守匠心，最终，产品人最大的幸福，其实来源于那一句，“哎，你们做的产品真的很好啊”。

天然的东西是有生命的

微博上时常会有同学问我：为什么“茉莉面膜”会这么好闻？其实，刚生产出来的面膜，精油和精油之间还没有充分地混合，芳香分子也没有完全达到圆融，所以一般放上十几天气味会更佳；而且你们再放一段时间会发现香气会继续不断变化，这也是天然的精油和香精之间的最大区别——精油是有生命力的。素有“茉莉之乡”之称的横县，便蕴藏着茉莉芬芳的奥秘。

每年5月到10月，正是茉莉开花的时节，横县这座小镇早已沐浴在茉莉的清香中，花农必须顶着烈日在花田里挑选最饱满最洁白的花苞，小心地摘下。因为如果在雨天或是阴天，茉莉的品质就会大打折扣。等到深夜时分，茉莉花慢慢绽放，尽情汲取盈盈月光。小花茉莉能调节阴阳平衡的能量，就来源于此。茉莉花很娇贵，香气可以在一夜之间散尽，所以对于芳疗师来说，如何能保留下茉莉花最完整的气味是很大的挑战。

蒸馏工人将采摘下的新鲜茉莉花苞平铺堆砌一定厚度，保持在35摄氏度的最佳温度，原本淡而无味的花苞开始绽放，吐纳出迷人香气。

伴着凌晨月光，蒸馏开始。在锅炉低沉的吟唱中，水蒸气欢快地穿过一层层洁白的茉莉，芬芳的气味和最具疗愈力量的物质凝结成滴滴涓流。静置四十天后，茉莉纯露中的有效成分会相互融合，气味也终于变得圆融、优雅。每一瓶200ml的茉莉花纯露需耗掉花农采摘的1500朵新鲜茉莉，耗费蒸馏工人八小时的汗水。

地里面种出来的东西就是这样，就好像你在同一块地里种出来的西瓜，没可能每一年都一样，每一个都有不一样的水分和甜度。随着气候季节的变化，不同的产地和种植方式，它都会呈现出不同的生命之美，大家习惯就好，亦可慢慢体会其中之妙。

另外还有一种情况，就是精油或者纯露刚蒸馏出来，它的气味是粗糙的甚至有些不好闻，比如说大马士革玫瑰纯露刚蒸馏出来，就是一股烂番薯味道。这是因为各种芳香分子和化学成分没有充分混合，香气没有陈化。在经过一段时间的密封储藏之后，不管是精油的气味还是纯露的质地，都会达到最为圆融完美的状态，品质达到最佳状态，之后会长期地稳定在一个水平之上，我们把这个过程称作“熟成”。

这真的很像葡萄酒的酿造，不同的产区、不同的葡萄品种，每一种

酒都有自己不同的发酵时间，也有自己的迥异秉性。但和精油纯露的共同特点就是，它们都是有着生命活力的东西，必须用最传统最坚守的方式去制作。我甚至在非洲见过很多简陋到只有茅草棚和老古董铜锅的蒸馏商，反而能提供让世界顶级调香师惊叹的一流精油。

其实，在产品调香当中，使用真正天然的精油是有很多麻烦，甚至是有一些风险的。因为你要教育用户，让习惯了护肤品香气十年如一日的女人们，知道原来世界上还有香气会变化的产品。你要一遍一遍地为可能的香气变化、颜色变化，去解释去沟通，甚至有些不理解的直接就退货。甚至还有很多人，刚开始没有办法接受真正天然的味道，因为他们已经习惯了讨好鼻子的工业香精和日化香水。

可是，我想要坚守这个，坚守住自己做这个品牌的信念。我相信大自然来的东西，土地里面种出来的东西，总是有那么一些不一样的。

它们充满了生命的能量，你越接触越能体会其中的美妙，越会爱上这种美好芬芳的气味。

它们有着人类无法复制的复杂成分，其中有些对人体起到的正面作用，以现在的科学技术都还无法解释。

它们对环境友好，能被迅速地降解，从来不会破坏自然的平衡，因为它们就从大自然当中而来。

它们能平衡和调节我们的神经系统，安抚因为生命中不得不承受的那些，灵魂深处的痛。

它们更能让你的感官和思维更加敏锐，更具有觉察力，唤醒你对生活的感受力以及对世界的观察力，让我们向内探索发掘更好的自己。

这难道不值得我们去坚守吗？

普罗旺斯的秘密

凌晨5：50分，再一次地因为时差突然醒来，看来这个夏天会有很多这样的清晨让我来写点东西。在很多人眼中，生产精油和纯露的蒸馏厂，一定是干净整洁、高科技的样子，事实上作为一个农产品加工的行业，它可能简陋到只有一个茅草棚。当然，今天我们第一个参观的工厂，算是我们心目中的真正高科技，它是一家二氧化碳超临界萃取工厂。

这是我们来到南法的第一天，天气晴朗得让人觉得天空就好像蓝宝石。工厂位于小城Nyons附近，是普罗旺斯地区最重要的芳香植物产区。提到普罗旺斯，大家总是第一个想到香水小镇格拉斯，事实上格拉斯是制作香水的重镇，可要说天然的精油和蒸馏厂，还是要到法国南部阿尔卑斯山脉北麓地区。

工厂主管Vicin带我们进行了参观，出于技术保密的原因，内部没有让我们拍照，不过他还是很热情地给我们讲解了这套价值100万欧元的高端设备是如何工作的。

说到二氧化碳萃取，可能学芳疗的同学都不一定见过，原理其实就是把液化的二氧化碳作为溶剂，用于萃取芳香植物的一种新技术。它利用低压和低温将二氧化碳变成液体，然后浸泡芳香植物萃取后迅速减压，罐中的液体汽化后，将芳香物质萃取出来，得到混合了芳香精油和各种活性物质的植物蜡。

用有机酒精洗去当中的蜡质，就可以得到纯净的液态透明的二氧化碳萃取精油。我们在仔细对比过薰衣草的二氧化碳萃取精油和蒸馏法萃取的精油后发现，前者更加接近新鲜植物本身的味道，这是因为二氧化碳萃取法能够获取的植物成分更加完整。

离开二氧化碳工厂，我们前往位于Nyons的一家传统水汽蒸馏工厂。负责人是一位法国大帅哥Clement，看得一众女同学眼中直冒粉红色的星星。他告诉我们这家叫蓝色普罗旺斯的蒸馏厂有上百年的历史，不过目前设备已经不断技术更新，是最先进的喷淋散热设备。据说这样会更加高效节能环保，而这样的设备，整个法国也只有十五台。

我们可以看到一圈一圈的散热管，打开工作的时候就会不断地在上面喷水，帮助水管中的水蒸气冷却成精油和纯露。

工厂展示的蒸馏设备图，可以让我们很好地了解水汽蒸馏的概念。但是当他打开喷淋系统的时候，马上闻到一股浓郁的薰衣草香气，然后

Distillerie Bleu Provence, le procédé de distillation
Distillerie Bleu Provence, the distillation process

我们全体惊呆了，因为喷出来的是薰衣草纯露！也就是存在设备存储罐当中的纯露。Clement告诉我们说，蒸馏杂交薰衣草的时候，纯露并不会拿去作为商品，只有蒸馏真正薰衣草的时候，他们才会保存纯露进行销售。

所以从品种上来说，并不是用薰衣草水煮出来的水蒸气就可以叫作薰衣草纯露，只有用真实薰衣草通过水蒸馏得到的才能叫真正薰衣草纯露。我经常看到国内不少号称薰衣草种植园蒸馏纯露，连自己的薰衣草品种都搞不清楚，就蒸馏一大堆纯露，价格也是乱来。法国人就干脆把品质不高的纯露都倒掉，这败家的样子，不得不佩服！

在参观蒸馏设备后，Clement带我们来到工厂后面的小博物馆，为我们讲解了一堂生动的精油课程。因为内容比较专业，我就稍微摘抄一些笔记给大家分享。

各种芳香植物的出油率：杂交薰衣草1吨花材可以萃取出精油30kg，真正薰衣草1吨花材出10~15kg，百里香出15kg，迷迭香和薄荷大约20kg，冬季香薄荷只能出5~8kg精油。

种植农户收获的植物都是扎成一捆一捆的，因为普遍采用机器收割自动扎成捆，在地里晒三四天才拉到工厂，这是为了把水分降低。以前蒸馏薰衣草都是萃取开花的全株，现在有只收割花朵的机器，可以提高萃取的效率，节省人工，节能环保。这是因为薰衣草花穗的含油量更高，如果用杂薰的花萃取，一锅（1吨花材）可以出60~80kg精油。

课程结束后，我们一行人在小城稍做休息并吃了简单的午餐，继续前往另一家蒸馏厂。这一次，我们将看到令人激动的蒸馏过程。

蓝色普罗旺斯工厂的老板Philippe驱车带我们穿过一大片金色麦田和紫色薰衣草田相间的种植园，进入他们自己的蒸馏厂参观。首先看到的就是一个大大的车厢，这其实是用来直接蒸馏的罐子。这家蒸馏厂的特色就是种植园可以直接用车装载芳香植物，然后通过车厢顶部的一个进蒸汽的管口，将锅炉烧出的蒸汽直接送入车厢，再通过另一根管道直接把蒸汽送回冷却，这样就可以省却把芳香植物卸货，填入蒸馏罐，而且蒸馏完成后的清洗工作也更加简单。看来法国人为了偷懒，真的没少下功夫。

才介绍完，Philippe就指着远方的一辆白色卡车说，有新的薰衣草农户送来蒸馏了。

只见一辆巨大的卡车，慢慢倒入，通过电机，将“车厢”放置在用于蒸馏的架子上，然后工作人员爬上“车厢”顶部，固定好蒸汽管道，接着锅炉开始隆隆作响，蒸馏开始了。

我们都很兴奋地围到出精油和纯露的收集桶旁等待。刚开始，小滴小滴的芳香液体出来的时候，香气弥漫开来，仿佛田间的薰衣草香气整一个儿被搬过来；接下来，出水的速度越来越快，芳香和水流喷薄而出，汇成一道生命之泉。

精油和纯露的混合液体在进入一个倒置漏斗形的容器之后经过静置，最上方流出来的就是浮在上面、不溶于水的精油；而下面的一大罐液体，溶解了微量的精油和大量水溶性植物成分的，就是纯露了。

Philippe介绍说，纯露质量会受到花材的影响，除了之前说的品质问题，收割的花材如果含有杂草太多，也会影响成品的品质。此外蒸馏的工艺也会大大影响品质：首先，温度不能过高，如果温度过高，会破坏一些有机的成分；其次，时间必须控制得当。也就是说，一直输送水蒸气，可以一直出水，但是只有头两小时出来的冷凝液才是品质更佳的纯露；因为在高温蒸汽的不断洗礼之下，蒸馏罐中的植物会不断变化而失去生命力（都蒸烂掉啦）。

举个例子，同样1吨花材，你可以一直蒸馏形成冷凝液，如果只取第一小时的液体混合，可能你只能得到1吨的纯露；但如果你取五小时的液体混合，你就可以得到5吨的纯露。可是这两者的品质差距是非常大的，其中的差别，大家可以自己体会。

结束了一天的参观，我们踏上回程。一路麦田、葡萄园和薰衣草田，满眼的绿色、黄色、紫色延绵，空气质量好到每一口呼吸都是沁人心脾，这是多么被上天恩赐的地方！

最让人不舍的好味道

2014年7月16日凌晨4：35分，突然就醒了。看来从法国回来之后，时差仍然在影响我，既然睡不着，干脆起来写点东西。

可能是起得太早，一会儿就感觉饿了，突然非常怀念南法庄园老头做的法式牛角和巧克力可颂面包。

这一次游学参加法国科学芳疗协会的认证课程，主办方安排我们入住位于法国南部小城Nyons附近的一家叫Mas de sillot的庄园，这是一个中国游人很少去到的地区。

庄园的主人叫Jacque，第一眼看到就知道这是一个固执的法国老头。

事实上几天下来，我们就发现，老头在吃的方面和我们较上劲了，他总是不断地大喊我们的领队Fanny的名字，找她谈话，内容无非是，“你们怎么这么浪费”“没有到开饭的时间，不要一堆人坐在餐厅，好吵闹”“不要先把甜品吃了，那是主菜吃完最后才能吃的”“中午给你们准备了那么多，都不吃完，下午又来问我要吃的”“为什么吃完饭都不把盘子收拾到厨房”“你们真的好麻烦，总是问我要这要那的……”

刚开始，大家都好不以为然，心想我们花钱住在你这儿，你还嫌东嫌西的，服务态度真心差，后来想想这老头一个人打理这家庄园，也就不跟他计较了。

接下来的几天，我们又一次次地领教了法国老头的“黑暗料理”，中国人是完全没法习惯正宗南法农家菜的。

硬得啃不动的法棍就不说了，生切的火腿和肉肠，红酒炖牛肉居然不放盐，葡萄酒的酸味还超级大。猪排和鱼排都是奶酪烹饪，吃起来非常腻，沙拉不管是食材还是酱汁都很奇怪，蔬菜永远是用烤箱制作的“乱炖”。

当然也有好吃的，餐后甜品蛋糕和新鲜水果，是一大帮女人的最爱。更有甚者，实在吃不下去了，把老干妈、榨菜、泡面这些神器一一祭出，看得老头好生气，直摇头。

不过慢慢地我们发现，每天提供的餐点，越来越合我们的口味了，从冷的变成热的，主食慢慢变成意面，甚至最后一天，还为我们准备了米饭！

每天课间也会给我们准备巧克力和蛋糕点心，主菜部分也开始加盐加调料，吃起来也是有滋有味。看来他是把我们每天的抱怨都听在心上，自己琢磨我们这帮中国人的口味呢。

我们也发现，其实老头并不是那么难以相处，他会时不时和我们开个玩笑，还要求我们叫他Chef（领导、主厨），只不过有些法式幽默实在太冷，以至于大家反应半天才明白他其实是开玩笑。其实他的那些要求，是南法人性格当中特别认真的一部分，在他们眼中，规矩就是规矩，这是我家的规矩。

因为后来我们才知道，我们吃的水果，都是每天从庄园后院的水果树上摘下来的；每天给我们准备的晚餐，从沙拉到主菜到甜品，都不带重样的；我们每天吃不完的东西，他是全部倒掉，绝对不会留到下一餐再上桌。对南法人来说，新鲜的食物，是理所当然的。

等到离开的那天前夜，因为要凌晨四点早起赶火车前往布鲁塞尔，老头说，那我只能给你们准备面包啦，我们心想又是法棍吧，无所谓了。

结果起来一看，是热腾腾刚出烤箱的法式牛角面包和巧克力可颂面包，老头三点钟就爬起来给我们烤面包了，大家都感动得不行，一个劲儿给他鼓掌。结果人家大手一挥，说，你们快走吧，走了我这儿就清净多了。

突然觉得他待我们就好像是家人，食材一定要新鲜，还能根据我们刁钻的口味不断调整。

家的味道，才是最最让人不舍的好味道。

我会想你的，Chef Jacque。

蓝天

我好像一直是一个喜欢抬头看蓝天白云的人。

最近却每天都是乌云密布的，虽然天气凉爽得很，不过我想宁可是天气炎热一些，也希望看到那样透彻的蓝天白云吧。

等你醒来，天色有些暗，雷声在耳边隆隆。

我等着那道光芒投射出来，照耀在我们之间，照亮心底的黑暗，驱散那与日俱增却又如影随形的想念。

Hey 莫奈！干了这杯苦艾酒

莫奈是印象派代表画家。允许我粗俗地解释一下，就是当你近距离站在一幅印象派画作前，想要看清楚画家细腻的笔触的时候，你会惊叹："天啊！这一坨一坨的颜料，画的什么鬼东西！"但你退后几米，仔细观摩几分钟，然后闭上眼睛，你会感叹："卧槽！脑海里面这个画面简直美呆了！"

前阵子我去法国科西嘉岛寻花材，途经诺曼底省的吉维尼（Giverny）小镇，正是莫奈度过他后半生的地方。当然了，这里有非常有名的莫奈花园。"我所有的钱都花在了花园里，"莫奈说，但是"我真高兴"。花园是莫奈生前最骄傲的杰作，也正是这座精心打理的花园，成就了莫奈的一系列经典画作，当然最有名的就是他的"睡莲"系列。

但是因为我也不是很懂艺术，所以今天就不在这里聊莫奈的画作了。今天咱们来聊聊莫奈花园和他挚爱的饮料——苦艾酒。

在所有画家都努力把画面的立体感表达得淋漓尽致，画裸女要画出光滑细腻的皮肤质感，画水果要画出被虫咬的叶子，画衣服都要画出每道衣服褶子的年代，有一个就是那么"不守陈规"的画家出现了，就是莫奈。1874年，莫奈的画作《印象·日出》第一次和他的小伙伴的画作一起在展览中展出时，被当时的许多专家称为“还不如一幅未完成的草稿”。可想而知，在那个时候，莫奈的画并不招人待见，所以画卖不出去，就没有钱。

直到1883年，呃……1883年是什么时候呢？那年香奈儿女士呱呱落地。1883年4月的一天，没有钱也没有名的莫奈乘坐从维尔侬到加斯尼的小火车，在车门处发现了烂漫花丛中的吉维尼，莫奈一见钟情，当机立断，立即举家迁居此地，一住就是四十三年，直至去世。

刚到这里的时候，这里是一处农舍，当年的莫奈经济上十分窘迫，他只是租房而住。也许是一种巧合，这一年也正是莫奈命运有了转机的一年。此前，他的画几乎无人喝彩，收获的只是嘲弄和讥笑。此后，越来越多的人从他的近看模糊一团的“颜料渣”中看到了异乎寻常的才华，从此他声名鹊起，画价扶摇直上。七年之后，终于把现在的“莫奈花园”买了下来。

莫奈甚至考虑到花的生长期，以便使花园一年四季都有花可赏，随时充满生机。莫奈还将他早年最重要的两个主题：水和花卉集合在一

起，使天光水影构成了心目中最理想的印象。传统欧洲园艺的栽种和修剪花木的模式，就是非得把树木都修剪成各种几何形状，尤其喜欢剪成方方的，莫奈偏不，对其天然生长的形态十分尊重，任其自由生长，不去刻意修剪。花的品种也是“鱼龙混杂”，从最普通的到最稀有的混在一起种植，最后才形成赤橙黄绿青蓝紫白的完美色彩组合。各个品种开花的时节不同，这样，从4月到10月，每月都有花开花谢。

很少有人像莫奈一样，针对同主题专门描绘不同季节、不同光线和天气状态下的色彩变化。而他重要的系列名作如“稻草堆”“白杨”“教堂”和“花园”，都是到吉维尼之后二十年内完成的，其中包括卖出了1980万英镑天价的《睡莲》。

所以，莫奈的花园就变成了这个样子，对花园里的任意一瞥都成了莫奈笔下的美景。就好像现在拍照一样，找一个长得漂亮的模特，那就基本上怎么拍都觉得美了，哈哈……

当一个人开始种花养鸟观鱼的时候，差不多也是要度过晚年了，看莫奈就知道了，年轻的时候还画画他的妻子、画画外面的风景，老年时期莫奈的画作，主题无一不是他这美丽的花园。当然也是这个时期的画

作，卖的价钱好得不要不要！哦，所以看来，花半辈子时间好好打理花园还是值得的！

你们说，为什么莫奈的眼睛好像不是正常人的眼睛？总能看到别人看不到的颜色，然后把它画在画布上？就像后来的凡·高一样，居然能看到那个样子的星空，哪个正常人的眼睛能看到那样子的星空？排除老年莫奈后来患了严重的白内障、做手术摘除了眼睛里面的晶状体这个原因，我认为还有一个重要的原因，就是莫奈和凡·高共同热爱的艺术家专用饮料——苦艾酒。

用艾草泡酒（Absinthe）最早是阿尔卑斯山脉这一带的习俗。起初，用种植在高山上的艾草泡酒在瑞士被当作药酒出售。艾草中的含酮物质（少量），也就是芳香疗法里面经常提起的单萜酮家族，有很棒的抗病毒、消解黏液（化痰）、分解脂肪细胞（减肥）作用。法国人当然觉得这个药酒很棒啊！那我们把它移植到我们法国的大平原上去吧！

结果没有想到的是，在大平原上种植出来的艾草含酮物质含量比高山种植的艾草要高出很多！哦，我刚才忘了说，酮物质含量越高的后果是什么呢？它的神经毒性就更强！所以像牛至、艾草、鼠尾草这些精油，是必须严格由专业芳疗师控制好浓度才可以使用的。不过当时的法国文艺圈才没有注意到这一点，反而是喝了苦艾酒之后天旋地转的感觉（致幻作用）让当时的画家、诗人觉得很high，凡·高更是把苦艾酒称作Green Muse （绿色缪斯）。没有一种酒精饮料能像苦艾酒那样引爆如此多文人和艺术家的创作灵感，甚至沉沦，而代价则是世人眼中的疯狂。画家埃德加·德加（Edgar Degas）还专门画了一幅画《苦艾酒》。

苦艾酒液碧绿透明，闻之有怪味，尝之味道特别苦。苦艾酒的中毒症状：时间和空间定向错误，超越实际，视听幻觉，如浮动、飞行、手足离体等，就连莎士比亚也靠它获得灵感。总之呢，当时苦艾酒在欧洲的文艺圈开始风靡，成为艺术家们灵感的源泉，我们的莫奈大师也是苦艾酒的终极拥护者，用我们的话来说简直是“苦艾酒一生推”！

苦艾酒使人变得疯狂，诱惑你犯罪，引发癫痫。它的慢性神经毒性使成千上万的法国人葬送生命，并有后人纷纷猜测，凡·高的自杀也与苦艾酒有密切的关系。当然了，如此钟爱苦艾酒的莫奈大师能对自然的色彩、光影有如此奇特的洞察能力，我们也深深地怀疑，苦艾酒在其中是不是也有一份功劳呢？

胖子俊平的减肥日志

这一年来坚持运动，体脂和各项指标控制得都比较满意，提前达成了今年的目标。回顾2013年那段“肥胖时期”的样子，真是哭笑不得。确实，你没有听错，我当然是个胖过的人。因为我就是个大吃货，平时工作又忙，越是忙就越是懒得运动，体重也一直在飙升。公司的小伙伴们都一直嫌弃我越来越胖越来越胖，直到2013年年初的时候，体重飙升到了将近90公斤，我实在无法忍受这样的自己了，于是真正开始重视自己的减肥事业。

我想说，我能瘦下来，跑步确实是起了非常重要的作用。想起我大学毕业刚开始工作的时候，几乎每个周一都是最让我头痛的日子。周末的舒适和轻松好像一场美梦，周一便是要突然从梦中惊醒。

大家也知道的，对于美食，我完全没有抵抗力。再加上平时要打理我们治愈星的各种琐事，日程满满。日子就这样过着过着，忘了从哪天开始，几乎每个看到我的小伙伴都跟我说：“老白！你本来脸就大，现在脸上肉鼓起来显得更大啦！”

唉，听大家都这么说，还真是有点小不开心呢，于是我毅然决定：

我要去运动！瘦成一道闪电！亮瞎你们的眼！

但是由于下班时间实在是太不固定了，有时候自己会加班到很晚才回家，所以只能从快步走开始。快步走不太累，又能起到锻炼的效果，对我这种懒人来说实在是太好的运动方式了。一般快步走半小时就能到家了，早上也快步走去上班。就这样坚持快步走半个月，并渐渐习惯每天这样小小的锻炼之后，我觉得我可以尝试每天跑跑步了。

刚开始夜跑，也不希望能一口气吃成胖子，所以我给自己定了一个比较轻松就能完成的目标——慢跑半小时。万万没想到！第一天开始慢跑，才跑没几步，十分钟都不到，就感觉天旋地转两眼发黑，顿时感觉自己弱爆了。

不甘心，虽然第一次失败了，第二天我依然准备挑战半小时目标，又失败了！第三天继续挑战半小时目标……第四天……第五天……直到有一天，我竟然发现，我可以跑完半小时了！哈！哈！哈！哈！这是不是意味着我离瘦成一道闪电的目标越来越近了！

从刚开始跑几步就累得半死，到慢慢可以适应，到现在可以轻松跑完半小时，已经有大半年的时间了。夜跑也已经成为我生活的一部分，

基本上每天晚上都要出去跑一跑，出一身汗才舒服。

夜跑的时候，马路上人很少，山里连空气都是甜甜的，风在耳边轻吟，寂静的时空，感受着自己的心跳与呼吸。而且夜跑还有一个奇妙之处，就是可以尽情神游，可能黑夜给人的感觉就是神秘，所以思绪可以在黑夜中天马行空。烦躁的情绪，跑一跑就消失了。

但另外一个同样重要的内容就是“吃”。所以，我要跟大家分享，在我瘦身的这段时间，我是怎么控制饮食的。大家都知道，我是个吃货。“吃”和“芳疗”是我生命中同样重要的两件事情，但是如果真的非要一比高低，那我可能还真的会先选择“吃”。所以像我这样的吃货，若要我在减肥期间不吃东西，那我绝对是非常不高兴的，并且我也不会那么做。同时我想告诉大家的是：“为了减肥，不吃东西是一种非常不科学的方式！”一切以牺牲健康为代价的减肥方式都必须负分滚粗!

那么首先，你要知道你吸收的东西，都是你吃进去的东西的一部分。也就是说，如果你吃了一堆薯片，那你就吸收了一堆身体无法代谢的垃圾；如果你吃了一盘新鲜的鱼肉，那么你就吸收了一堆优质的蛋白质。其实这和护肤的道理是一样一样的，硬塞给肌肤它并不需要的东西，反而会增加它的负担。那么孰好孰坏，这是显而易见的。

我们首先要选择摄入身体需要的东西，那就是七大营养素（蛋白质，脂肪，维生素，糖类，矿物质，水，膳食纤维）。这些营养素能够构成人体组织，为人体提供能量，预防疾病，抗氧化等。缺少任何一种营养素，达到一定的程度，我们的身体都会进入亚健康甚至是疾病状态。所以光喝水，不吃东西，显然是不科学的。

所以为了能够保证一天充沛的能量，早餐的内容我会选择少量的碳水化合物、大量蛋白质和水果。也就是说，要有主食，可以是吐司、馄饨、包子、年糕、面条这些，但它们会让你的血糖升高过快，很快就感觉肚子饿了，所以可以稍微少吃一点。而蛋白质则需要身体花费多一点的力气来消化，所以相对来说比较耐饥，鸡蛋和豆浆以及鱼肉都是优质的蛋白质来源。至于水果和健康美味的沙拉则提供了大量纤维和丰富维生素。当然早餐一定要吃饱，才有满满的能量去工作，脑子才能好好地运转。

整个上午要喝很多水，身体水分充足新陈代谢才能旺盛，代谢旺盛

脂肪才能快快被消耗转化成能量。中午可以正常吃饭，但不能吃得太油腻，尽量多吃蔬菜和高品质的蛋白质（对，就是肉的意思）。一般外面卖的饮料我是不会喝的，都是糖分、色素和食品添加剂。白开水是最好的饮料，加入纯露也不错，茶和咖啡也是好的，但不要放糖和奶。

下午偶尔会有点小饿，我就要吃一些小零食，最喜欢的就是坚果类的零食了。水果也是不错的选择，但要选择糖分含量低的水果（每100克水果中糖含量少于10克的水果），比如橙子，柚子，苹果，草莓，樱桃，西红柿。

到了晚上，我是不会再吃碳水化合物类的了，也就是米饭、面食等

主食。如果晚上我还要去跑步，那就在运动之前来一片全麦面包或者一盒酸奶。但是我依然要补充优质的蛋白质，比如瘦肉或者鱼肉、鸡蛋。鱼肉里面的脂肪基本上都是不饱和的很容易转化成能量，而不是转化脂肪囤积起来。不吃主食就比较容易饿，所以晚上我要吃比较多的蔬菜去补充维生素和增加饱腹感。

当然每天都这么严格地饮食，有时候我们心里面那个渴望美食的小恶魔肯定会出来嘀嘀咕咕。每周有那么一天，我会发现嘴上欲望到了不可忍受的程度，于是我就会在疯狂的晨练之后，享受一顿满足的大餐，甚至下午还会来块蛋糕或者冰淇淋，对的，每周一次的放纵并不会让你的瘦身计划前功尽弃。因为偶尔一次的高卡路里饮食，会让身体觉得“哎你小子营养很好嘛，我得开足马力消耗热量”。这反而有助于你的身体保持在一个高代谢率的水平，心情也会更加愉快，有助于把keep fit的伟大事业坚持下去。只要你别天天这么吃，完全没问题。

夜跑一直在坚持，其实也没有每天都跑，一个星期跑3~4次。晚上也会早点睡觉。在这样子规律的饮食和运动作用下，我就不知不觉地瘦下来了。其实一点也不觉得减肥是一件特别痛苦的事儿。所以呢，如果你正在用不正确的减肥方式做着对自己的身体有伤害的事，同时又减肥减不下来，那你就要好好反思反思了。

其实到现在，我还在跟自己的体重持久战，跟自己的口腹之欲拉锯战，不过keep fit已经变成了一种人生的乐趣，还在减肥路上的同学们，我们一起共勉吧！

椰子油轻断食

椰子油轻断食是个非常不错的keep fit的方法，最一开始，我在尝试两天后，早上站到秤上看到显示在手机上的数据，心情简直好到飞起来!

断食前我的基础代谢率比较低，这表示我运动太少，吃得不够健康，身体免疫力低，脸上长痘痘有时候也是由这个原因引起的毛囊炎。断食后对比数据，体脂略有下降，但也要尽快开始锻炼了。少量脂肪被转化成能量消耗掉了，这说明轻断食起初并不损耗肌肉。多喝水可以维持新陈代谢，至少减掉的重量不是水，体重是轻了，蛋白质比例略升，降低了炎症、糖尿病、心血管疾病的风险。能得出细微的数据变化就已经很欣喜了，毕竟就两天还指望能有什么大变化?

身体的水含量、蛋白质含量、肌肉比率，都是构成一个健康的身体最重要的几个指标。而这些指标都没有下降，说明用椰子油轻断食是健康的方法。

靠吃减肥药腹泻利尿去减重，光喝水不吃东西，更是得不偿失，因为这样你的身体会因为缺乏能量，将肌肉蛋白分解成能量，结果肌肉率下降，身体的整体代谢变低，一旦开始复食，200%会立马胖回来！所以这种方法我是绝对不支持的。

另外一个重中之重，也是我本次轻断食的目标，就是减低内脏脂肪。

布鲁斯·菲佛（Bruce Fife）博士写的《椰子的疗效》这本书中提到了椰子油的诸多好处，其中之一就是椰子油可以减少内脏脂肪。因为它在油脂中属于低热量，每克约含35.95焦耳（约8.6卡），且含有大量中链脂肪酸。它主要直接进入肝脏代谢，用于产生能量而不是存储在脂肪细胞当中，所以并不容易囤积成我们的肥肉和内脏脂肪。

肝脏喜欢用中链脂肪酸来产生能量，而椰子油不需要通过肠道吸收代谢，可以直接通过胃进入肝脏提供能量，所以这样做就好像给汽车加了高档油，代谢率一下子就提高了。

加拿大麦克吉尔大学（McGill University）的研究表明，哪怕不改变饮食或者增加运动，只要用椰子油代替大豆、菜籽油、花生油这类传统长链三酸甘油酯组成的脂肪和油，受试组的体重就能减轻9~16kg。更重要的是，他们的内脏脂肪率也明显下降了。

当然这里并不是说你要把所有的食用油换成椰子油，因为我们人体的细胞膜和神经系统还是需要不饱和脂肪酸的，类似于橄榄油、山茶油、亚麻籽油这些健康油脂也是在平时需要搭配来吃；当然这些油都比较适合凉拌，不像椰子油一样遇到高温也不会产生出反式脂肪酸。

提到监控身体数据，我用的是智能体脂秤，配合APP可以测这些身体健康数据，不同型号价格在99元到399元不等。

要说数据准不准吧，不同品牌测出来都是不同的数据，但记录身体健康数据的关键还是连续性，也就是说你用同一款秤，连续长期坚持记录，你就会知道自己的身体趋势是向好还是向坏，这就够了。

生活嘛，也不需要那么精确，自己感觉好就够了。

之前好多同学也在微博上问我一些关于椰子油轻断食的问题，所以我这篇文章就和大家详细说说为什么我要轻断食，轻断食需要怎么做?

为什么要用椰子油配合轻断食?

因为我平时工作很忙，如果按照经典轻断食的方法会能量不够，而椰子油不仅能提供热量，还能提高身体代谢，这样就算恢复正常饮食，也有利于维持体重。注意：是维持体重，维持体重，维持体重！不是减肥，不是减肥，不是减肥！

有些女孩为了减肥长期饥饿缺乏能量的话，身体会认为进入了漫长的饥荒时期，降低代谢率，进入“努力囤积脂肪好挺过去”的模式，只要一吃东西就胖起来。甚至有些女生有可能会因此影响内分泌，导致月经推迟或者闭经，我想恐怕是因为身体会认为，人都吃不饱了，还生什么孩子！

而且，椰子油能给胃壁形成保护膜，其中含有的月桂酸，能改善肠胃菌群平衡，所以还能调理肠胃。像我们这样经常管不住嘴的吃货，最好定期清理肠胃，排排宿便。而且，椰子油还有诸多好处，就不做赘述。

断食期间吃什么？

其实每天的三餐很简单：

早餐：全纤维果汁250ml+5ml椰子油；

午餐：全纤维果汁250ml+5ml椰子油；

午后零食：一杯椰奶或脱脂牛奶，一个苹果；

晚餐：果汁250ml+5ml椰子油，水煮蔬菜一份（芦笋、西蓝花、芥蓝、青椒、包心菜、豆芽等各种蔬菜，清水煮，蘸酱油吃就可以），也可以偷懒直接吃生菜、苦菊、紫甘蓝、洋葱等沙拉类蔬菜，来一点点意大利黑醋就美味了。

果汁就是一个苹果，去核带皮和半个胡萝卜，挤入半个新鲜柠檬，加约100ml饮用水，用果汁机打成带纤维的果汁，然后加上椰子油，混合以后在接下来的两小时之内慢慢饮用。

椰子油含热量不算低，10ml大约340kj，不过因为我是160斤的大胖子才给自己定每餐的量5ml，所以建议如果是100斤左右的女生，还有就是断食期间运动量不大，甚至就是在家边休息边断食的状态，可以考虑把椰子油每餐摄入调整成3~5ml。

最后需要注意的是，椰子油必须选用有机冷压级别的，别把工业化精炼的椰子油拿来做断食疗法。怎么区分是精炼椰子油还是冷压椰子油呢？这个吧，一般椰子油包装上面会写出来的。

复食阶段吃什么？

一般轻断食认为，结束一两天的轻断食后，你想吃什么就吃什么，即使是高热量高胆固醇的洋快餐也可以！连《轻断食》书里面都是这么说的，而且据说一般断食之后人并不会暴饮暴食，所以，多么美好，非断食日，可以随心所欲地吃啦。

但是我们是有更高要求的，所以恢复正常饮食之后，需要坚持低GI主食和蔬菜、白肉为主，配合三餐椰子油的方式，再坚持一周。所以结合前面两天的断食，一个过程大约在十天左右。

早餐：脱脂牛奶少量+坚果麦片，新鲜含纤维果蔬汁250ml+5ml椰子油；

午餐：鸡肉蔬菜沙拉一份或者蒸鱼配水煮蔬菜一份，米饭半碗，5ml椰子油；

晚餐：椰子油炒蔬菜，配蒸鱼、鸡肉或豆腐；

加餐：酸奶200g或者椰奶，水果少许，可在两餐之间吃，运动前建议吃少量坚果，提供所需热量和蛋白质。

另外：柠檬挤出汁加在鲜榨果汁中可以帮助防止果汁氧化，挤完那半个还可以泡水喝。

轻断食适合所有人吗?

任何自然疗法，都不能保证所有人适用，如果你本身就有严重的胃病或者低血糖，或者你正在月经期间都不建议你贸然尝试，当然孕妇和未成年人也不要尝试了。

如果你没有这些情况而且对轻断食感兴趣，还可以仔细阅读《轻断食》和《椰子的疗效》两本书，很多问题都会得到解答。不过我发现老外写的书，食谱方面实在有点不符合中国人口味，所以我的食谱是我跟一位深圳大学医学院的营养学老师一起讨论出来的，你自己也可以根据口味调整，只要原则上不改变基本纲领就好。

最后还想来谈谈感受

让我最惊喜的部分，其实不是体重减掉3.3kg，说实话作为一个易胖体质的战士，我很清楚恢复正常饮食之后还是会回来一些，当然如果坚

持运动和注意饮食，轻断食的成果可以继续保持巩固。

真正让我惊喜的居然是这次轻断食让我在情绪上调整很大，可能也是因为之前工作非常忙，大家看我每天发晚安视频的时间就知道，几乎每天都要工作到晚上十点、十一点。所以开始轻断食以后，那种让人几乎崩溃的饥饿感，瞬间就让我情绪也崩溃了，第一天晚上那种排山倒海的负能量，躺在床上几乎没怎么睡好。

但是很奇妙的是，到第二天早上吃完早餐，心情居然莫名其妙地好起来，至于结束轻断食的第三天早上，当我喝到牛奶吃着麦片，感受到的全是生活美好。我意识到，当痛苦达到顶点，自然会下降。这也算是某种意义上的情绪的“排毒”吧。我不知道是不是每个人都会这样，还是说正好我处在一个情绪低谷，下次也要试试心情不错的休假时间进行断食，如果你们有机会尝试椰子油轻断食，也可以将体会和我分享。

说到排毒，我还要提一个有点恶心的话题，我看过不少同学的断食排毒经验，说是一般到第三天开始有宿便排出，但是可能我平时算肠胃功能比较好的，我在第二天就来了！第一天晚上就是肚子咕噜咕噜叫，然后再起来就发现拉肚子了，但却没有任何的不适。前一天我就只喝了果汁和椰子油，居然是这种情况，于是我就明白这是宿便来着。到了第三天，还有一点点，但是气味已经不是很销魂了，而且宿便的颜色也会变浅，感觉浑身很轻松，棒！

还有一点，当你断食，饥饿难忍的时候，身边的人到处都在咔咔咔吃好吃的，各种零食各种美味！简直太特么残忍了！不过如果你的意志坚定，忍过去了，就发现，饥饿感其实不会累计叠加，它其实是一波又一波地来侵袭，只要你忍过了几次，后面会发现越来越easy。

最后，我已经开始复食，之前担心会不会饿过头之后，开始吃东西了就胡吃海塞，实际上不会，感觉好像对油脂类食物的欲望没有那么大了，而且可能因为两天吃得都很清淡，所以味觉变得更加灵敏，以前觉得没那么好吃的脱脂牛奶、燕麦、水煮鸡肉，都觉得有味道了起来，于是可以慢慢享受食材本身的味道。

TOMFOOLERY
Tally-ho
HILLS SAUVIGNON BLANC

喝酒时喝酒，吃饭时吃饭

獺祭
DASSAI 50
発泡にごり酒
スパークリング50
獺祭
DASSAI 50
発泡にごり酒
スパークリング50

山田錦100%使用
白鷹

从记事开始，家里每年都会泡杨梅酒，因为杨梅挂枝的季节实在太短，要四季都能吃到杨梅，只能用酒来泡。还记得小时候，如果不小心吃坏东西，家里的长辈便会从玻璃罐子里面捞出一颗杨梅，塞到我的嘴里，那种酒精冲击上脑门的凶劲儿，可能是浙江一带孩子们儿时记忆的一部分吧。而我们对酒的最初的体验，也多半来源于此。

平日里，我并不嗜酒，不像父亲那般，每天晚饭之前，必然会为自己倒上一杯啤酒，或是红色的杨梅酒，美滋滋地喝上一会儿，等到微醺了，才会叫我给他打一碗米饭，匆匆地结束晚餐。

可我绝对算是一个喜欢喝酒的人，每到一个地方便会买一瓶，日本的威士忌、法国的香槟和白兰地、保加利亚的果酒、瑞士的苦艾酒、俄罗斯的伏特加、非洲的朗姆酒…………不知不觉家里收藏了上百瓶。每年杨梅和荔枝下果的时候，也会买几瓶高粱烧来，泡上整整一罐。过了两个礼拜，等果汁完全和酒混合，如果加上蜂蜜、冰块和气泡水，那种沁人心脾的感觉，在盛夏的夜来上一杯，简直不能再好。

不过喜欢喝酒也要有个度，我喜欢和朋友们小聚的时候，小酌一杯，喝什么无所谓，高兴就好，但绝对不会相互劝酒，自行自便。如果餐后大家觉得兴致盎然，那就再找一家安静的小酒吧，点上几杯够味儿的酒，细细品尝，侃侃而谈，也是惬意。

有人可能会问，为啥不能在饭桌上喝个痛快？其实我觉得吧，首先酒精是会阻碍食物吸收和消耗的，放在一起，必然会对身体造成负担。

有的时候你一边吃饭，一边喝酒，结果不知不觉肯定吃得不少，喝也喝了很多，时间又耗了很久，还把自己吃成了个大胖子。这样看似很畅快淋漓，实则不然。

人生中有些时候就是这样的，你同时既做这个，又做那个，看起来好像在节省时间、提高效率，但是反而你可能两件事情都没有做好，最

后就是一个坏结果。有些人说他可以一边看电影，一边做作业。那你作业能做得好就见鬼了，对吧？估计他看的电影也不怎么打动人。做什么事总要全心投入进去，要不然我觉得这只是在消磨生命。

还不如专注一些，吃饭的时候，好好品尝每一道菜，感受美食给你带来的愉悦。而喝酒的时候，就好好体会不同佳酿的丰富变化，香气和酒精给人带来的微醺舒畅。否则，艾雷岛威士忌的烟熏泥煤味儿，勃艮第产区红酒的霸道绵长，Añejo级别的龙舌兰那橡木和岁月的香气，都没法好好体味了。

吃饭就好好吃饭，喝酒就好好喝酒。做什么事情都要做得淋漓尽致才行啊。

清明

清明不应该是一个悲伤的节日，记得高中的一位老师说过：“清明，就是清清楚楚明白自己从哪里来的意思。”

4月4日，正清明，随父母阿姨表妹们一道前往祭奠刚刚过世的娘舅。当我爬上人潮如涌的公墓，看远处是青山叠翠，山下是粼粼水塘，春风带着草香，温柔地揉着每一个扫墓的人儿的头发。回头看着已逝亲人的归所，开始做着扫墓的种种，祭拜后许下心愿。心里没有悲伤的乱流，反而是安宁的光照着心海。

想想，人最后的归宿不过就是默默与山为伴与水为邻，看树叶青葱，变红变黄，然后安静地落下，化作春泥，四季更迭，生前一切苦乐，种种得失，如梦幻泡影。

苦闷的时候，心痛的时候，不必恸哭，我们只需要在真正躺下之前，保留着些许勇气，人生短短几十年，怎么过又不是一生呢？除了你自己，没有人能对本就源源的快乐人生喊停。

也许，清明也有清清楚楚明白自己将要去向何处的意思吧。

好吧，不知道了，胡言乱语了，困了，这就睡去了，听说今夜会落雨。

或许明天，清晨醒来，落花一地……

那些同家人一起走过的味道

我经常憧憬这样一种生活状态：

湛蓝的天空，清新的空气，温暖的阳光，叽喳的鸟儿，吐露芬芳的花朵，一只爱吃的猪起床了……晨跑时，路遇的是同跑的青年、买报纸的街坊、晨练的老人、背着书包上学的孩子；街角处，面包咖啡店香气四溢，粥铺包子店热气升腾，馄饨豆腐脑儿散发着诱人的味道。

生活本该这样，简单朴实却又温馨纯净。

美好的一天从早晨开始，早晨最幸福的事是什么？于我而言当然就是吃上一顿简单美味又有营养的早餐。不想匆匆忙忙，不想被浮华扰乱，静静地拥有属于自己的那二十分钟的早餐。

红茶，来一勺普罗旺斯薰衣草蜜，暖心又暖胃，蜂蜜是好东西，多吃不胖；猪油拌面，放点葱花，配一点点咸菜，简单的幸福感满满；豆腐脑儿，小虾米，葱花，酱油，鲜嫩滑软，我可是豆腐脑儿咸派的忠实粉；鱼丸和肉燕，汁鲜味美，再配上一杯红茶，太满足啦……

突然想起小时候，那些妈妈每天早起给我准备早餐的时光，现磨的豆浆、小米粥、荷包蛋、面条、鸡蛋饼、汤包……那是永远都忘不了的妈妈的味道，爱的味道。

妈妈是一名外科医生，爸爸是做野外地质勘探的工作人员，小时候爸爸经常跟项目外出，所以我常和妈妈在手术室里面。

手术室其实是很完整的系统，有医生办公室，有卫生间，有医生休息的地方，还有停尸体的地方。我还在停尸体的地方睡过觉，因为那个地方很凉快。他们手术时是非常忙的，有时候连打饭都没有时间，所以他们会用一个小电炉来烧、煮一些东西，比如泡面、青豆饭或者煮泡饭。

我从小就会帮这些医生做些东西。他们会和我说今天做一个什么，然后把材料买回来给我备好。我从小做菜包饭就做得很好，而且我总能用最简单的条件、简单的食材，做出好吃的东西来。手术室就是这样的，医生们根本没有时间吃东西，他们更是忙到要我一个未满十岁的小孩在旁边鼓捣东西给他们吃。

然后我这份人生经历，让我很早就见识了生死。医生们切了一个盲肠便会拿过来说：这是一个盲肠，烂了；有时候切了一个肺：你看吸烟的下场；我可能在吃饭，出门就能看到一个肿瘤……所以这些血腥的东

西对我一点伤害都没有。

但是跟着我爸就不同了，我还能接触到大自然，他们单位有很大的勘探车，那里面有房子有厕所，甚至有仪器。

我们可以住在里面，到森林里面去，一待就待很多天。他们在那儿搞仪器勘测，然后我就抓虫、抓鸟，然后砍一个竹子来做竹筒，自己背一个灶就开始烧。所有，毫不谦虚地说，我厨艺好是有原因的。我很小的时候，我爸开着车问我，“我要去北京了，你去不去？你要不就跟我去，要不你就跟你妈待手术室里。”我说：“我肯定去北京，还能看天安门！”那时是真的天真单纯。

和我爸一同上路，有的时候，车开到一半，没东西吃，就找户农家，然后投宿。途经的农家，有的时候不收钱，他们就让你住下来，然后准备一些农家饭给你吃，运气好的话，一路上什么口味都能吃得到。

记得有一次是去新疆，也是一样，一路开到新疆。都不知道开了多长时间，反正有一段时间我觉得车一直都在开，一直都在开，那个路是直的，开了一天发现还是这个路，那些山还是在前面，没有动一样，路又特别颠。好在我从小都不晕车，还可以悠然欣赏这沿路的风景。

今年带父母去日本过年，将要出境的时候，心里有点想落泪，觉得自己好像也没有带父母去过哪些地方。关于旅行，你可以给父母买票，这种其实是稍微次一点的，最好的方式是跟他们一起去。一顿认真烹饪过的饭菜蕴含着强大的治愈能量，其中难以忘却的味道，正是包裹着对家人、朋友的最纯粹的关爱。

温柔的“猪脚”

入梅之后，雨一直下着，停会，再下，再停，继续下。

而今天是阴天，一丝丝的凉意，在这样一个初夏，夜晚变得很惬意，回到家之后在小区里面走了一会儿。

走的时候，抬头看到了乌云里面探出头的月亮，望着它，突然萌生了一个想法：

下次碰到我喜欢的那个人，我一定要当猪脚一般捧在手心好好啃上一番。

因为，我喜欢温柔的味道。

和风美食漫游记

縁
恋占いおみくじ
おみくじ
有名な恋占いの石
あります。
Here is the Famous
LOVE STONE
えんむすびの神
地主神社
地主神社
恋占いの石

作为一个大吃货，半夜写美食攻略简直太虐！边写边流口水……但回顾一下还是觉得确实精彩！

又到深夜食堂时间，这次日本之行因为有胡子叔叔带队，再加上几位当地友人的推荐，美食清单和精彩小店都再一次升级！就让我一一推荐来。

银座乐町地铁站　舞樱居酒屋

胡子叔叔推荐的原因是这家有将近两百种日本酒，对喜欢品尝日本酒的我来说，简直太棒。

我们点了两种一千多日元的普通纯米酿。前菜是土豆、蟹肉、茄子、胡麻豆腐（芝麻和杏仁做的豆腐），每样都很清淡。东京地区的前菜，盐味较重，但是很鲜美。胡麻豆腐则是此道中的最佳，芝麻香气浓郁，口感绵软，胃口一下子就被打开了。

前菜过后，第一道上来的是生白子，其实就是银鳕鱼的精巢，日本人很喜欢在过节的时候吃，尤其是新年，因为白子寓意“百子多孙”，而这白子吃起来口感滑嫩，蘸醋之后，鲜而不腥。接下来是生鱼片拼盘，这家的金枪鱼、三文鱼的口感没有太多惊艳之处。

在此之后，我们依次品尝到了烤大乌贼、鲍汁鸡腿菇、西红柿牛腩。烤大乌贼Q弹有劲，蘸了蛋黄酱口感更加浓郁；鲍汁鸡腿菇中的鸡腿菇和扇贝柱都很新鲜，汤汁搭配，口感一流；西红柿牛腩有点小惊艳，日本的番茄都是酸甜可口，牛肉就不必多讲了，虽然店长端上来时卖相一般，但汤汁真的是鲜甜酸俱全，牛肉炖到了入口即化。

最后一道菜是雪花牛肉火锅，这道硬菜一端上桌，我们的战斗力就都回来了。我连吃了三大块，然后还喝了一碗牛肉汤，才摸着滚圆的肚皮爬起身来。

从居酒屋出来，夜色已深，东京的冬日，空气异常清冽，人已经吃得暖洋洋，小走一段回酒店，半路上还看到Loft和Muji的联合店，据说是全日本最大的一家Muji，于是决定过两天来逛逛。

不过还是因为其他原因，最后也没逛成。

筑地市场　岩佐寿司

说来惭愧，来过这么多次日本，作为吃货圣地的筑地市场，我居然之前都没有机会朝圣。所以，当胡子叔叔提到第二天早上要去筑地市场吃早饭，我就马上“好好好”地答应了。

第二天清早，拉开窗帘便看到窗外碧蓝的天空，心想天公作美，呼吸了一口新鲜空气。我拿出昨晚买好的水果，去楼下餐厅弄了点酸奶，点了一杯黑咖啡，简单地对付了一下。因为等下我们准备走着去那里。

走在银座街头，街道上已有上班族和送孩子上学的全职太太的匆忙身影，路旁栽满了银杏树。银杏树的每一片叶子都早已变黄，在阳光的照耀下，看上去好像24K黄金的叶子挂满枝头。

经过地铁筑地站，行人突然多了起来。走到一个十字路口，筑地场外市场的大招牌便清晰可见。因为临近日本的新年（日本人是元旦过新年），所以来采购年货的东京人也很多，再加上我们这样的游客，攘来熙往，显得格外热闹。

筑地场外市场主要是散卖零售。各种水产干货、调料、零食、器皿一应俱全，除此之外还有很多小吃店和寿司店。

继续往前走，就能看到一个巨大的冷库，上面还有日文的“筑地鱼市”几个大字。左拐进入一个巷子，再走几步路，就到了一个开阔的地界，前面是一排排的钢构平房，空气中有着咸咸的海风和鱼腥味，真正的筑地市场到了！

往里面大批发市场走，就是琳琅满目的海鲜档口，这就好像是放大很多倍的国内菜市场海鲜区！而且这里的价格实在是无敌便宜！对比国内的生鱼片和海胆的价格，我就泪流满面！我们穿梭在市场中，欢乐地探索着，这时候，肚子里的小青蛙咕咕叫了几声，脑海瞬间就被“我要吃寿司！”几个大字塞满了。于是我们一路小跑，左转右转再左转，钻进一家名为“岩佐”的寿司店。

店铺很小，传统的寿司吧后面寿司师傅正麻利地捏着饭团，保温柜里面的鱼肉看上去格外新鲜，到底是临近鱼市，好一个近水楼台先得月。我们先点了一套寿司，帆立贝、红虾、玉子烧、海胆、狮鱼、大脂金枪、中脂金枪一字排开。我伸出筷子直奔大脂金枪，取自蓝鳍金枪鱼下腹前部的肉，含有大量的脂肪，顶级的大脂金枪鱼片有着雪花一般的美丽纹理，蘸一点酱油送入嘴中，哎呀呀呀，这入口即化的熟悉味道啊！

紧接着一碟鮟鱇鱼肝端上来。鮟鱇鱼肝的鲜美程度是完全超越鹅肝的，用筷子夹起一点，蘸一下碟中的醋，放在舌尖轻轻研磨，让细腻的肝质在口腔中化开，一种难以形容的鲜美让人沉醉。

最后一大碗海胆盖饭上来，我着实吓了一跳，这……么多海胆啊！还有蟹肉碎和一块玉子烧，一点点渍姜片，看得我唾液疯狂分泌！

我看到胡子叔叔已经自顾自地开始把山葵泥放到小碟酱油里拌匀，倒到海胆上，拌一下就开始吃，我也依样画葫芦，弄了一口放进嘴里。天呐！世间居然有如此甜美新鲜的海胆，配合酸酸的寿司米饭、酱油和新鲜山葵的复杂味道，我简直要被这强烈的美味击晕过去。好一会儿才回过神来，太好吃了！

从岩佐出来，已经接近中午，空气更加暖和，筑地的人群更加拥挤，我们沿着场外市场的另一边继续闲逛，看看各种小铺子、蔬菜水果、海鲜干货、甜品小吃。街道上，每个人脸上都是幸福的表情，包括我们。

表参道神宫前　Mr.Farmer

这天下午约了龙龙在设计公司会合，设计公司的位置在原宿后街神宫前，距离表参道也不远，而且离见面时间还有三小时，于是我就坐地铁，从表参道站出来，慢慢逛过去。

表参道上大牌云集，而且因为圣诞节快到了，一路上橱窗简直太好看，女孩子们肯定受不了这诱惑。不过我对大牌也不是太感兴趣，于是一转身就钻进旁边的小巷子。

早就听朋友说这里面有很多有趣的小店。神宫前青山一带是潮人和艺术家聚集的地方，虽然看上去就是电线飞来横去的小巷子，就房子而言，你会错以为回到了中国的某个城镇。

紧接着我就看到一家经营芳香类护肤品的小店，这里面有各种精油、花草茶、天然护肤品和身体护理产品。我买了一些润唇膏和精油香薰后，肚子又开始咕咕咕地叫了。

这个点吃个下午茶倒是正好，心里盘算着就看到路边一家森系装潢的餐馆。一进门就看到一个超级漂亮的水吧，四个大玻璃缸里面放着西柚、柠檬、甜橙、青柠、黄瓜、薄荷、紫苏，等等，上面写着：请拿自

己餐桌上的水杯自取。拿到菜单，菜单封面是一双手捧着鲜翠欲滴的罗勒叶照片，这简直可以拿来给我们的品牌用，毫无违和感。一杯鲜榨果汁，一份新鲜的果蔬沙拉，吃完这一份下午茶，胃就舒服点了。

阳光从玻璃窗打进小店，对面的餐桌椅被柔和的冬日阳光裹上了一层暖意，于是我靠着座椅，发了会儿呆。

雷门浅草寺　宫崎地头鸡

龙龙也是个大吃货，他说在浅草有一家鸡肉料理店特别棒，于是我们工作一结束就来到浅草。说实话，店的门面很普通，没有多少惊喜。一进去就看到三个下班后的大叔正围在一个小餐桌喝酒，空气中弥漫着炭烧鸡肉的味道，这气氛像极了日剧经典场景。

我们俩坐下来开始点菜，前菜是煮炸鸡配茄子，裹了面粉炸好的鸡肉用酱汁煮过，结果脆皮变成软软的，撒上柴鱼，还不错。第二道是飞霜鸡胸肉，其实就是生鸡胸肉用喷火枪炙烤一下，除了外面一圈是熟的，中间就是生肉，不过厚厚的一层青葱浇上带柚子醋的调味汁，鸡肉有弹性也很好吃。

接下来的一道菜上来直接吓到我，这完全就是全生的鸡肝和鸡心，上面撒了一点芝麻，旁边配了一碟麻油、细盐、姜末和山葵。我哆哆嗦嗦地夹起一块鸡肝，弄点姜末，蘸了调料，放到嘴里，眼睛都闭上了。没想到鸡肝入口后会化开，也许是店里处理得非常干净，一点血腥味都没有，留在口中的都是柔滑鲜美的口感。

生的吃完，上来一碟宫崎特色火柱烧鸡皮，只看料理师傅做的时候就是在一个铁笼子里放了鸡皮，因为油脂往下滴，大火一直蹿得老高。吃进嘴里，鸡的油脂就充满口腔，皮则是有点脆，非常香。再上来就是鸡肉料理店都会有的鸡肉串和鸡翅中，但这家店里还有一个东西，就是鸡屁股！

就这样，我和龙龙一道一道地吃着，聊到深夜才回酒店。

雷门浅草寺　花月堂

花月堂就在浅草寺门口的某一条小巷子里，昭和二十年（1945年）创立。本来是一家做和果子的店，直到后来引入了冰淇淋。他家菠萝包和苹果派非常有名，价格也不贵，一个200日元，三个500日元，加起来

TAKO YAKI
がんこ
道頓堀店
がんこ寿司
鮨寿司
大阪名物
欢迎光临
어서오세요
海鮮居酒屋
해선호프집
大阪名产物
오오사까특산품
よしもと芸人グッズ・大阪みやげ
大阪土产・오사카 선물
自動車

たこ焼
390
9ヶ 500
12ヶ 650
15ヶ 800

每天要卖掉3000个！店铺外还特地写了“不能边走边吃”的字样，这个温情提示，我给满分。

我其实并不想吃面包，于是走进去点了一个“豪华套餐”。等店主人端上来才发现，量是真的大。最底层是蒟蒻和红豆沙，中间是冰淇淋，最上面则摆了各种水果和汤圆，搭配一小杯黑糖浆，浇上去就可以了。初榨的黑糖并不是很甜，反倒是充满甘蔗的香气，旁边还配了一碗抹茶，更是解腻。对不太爱吃甜食的我来说，很难得了。

东向岛　银次海

当天晚上在Sky Tree底下逛，还特地约了东京的一个小朋友帮忙翻译，一直逛到商场打烊才出来。一出来看到地铁站边上有一家海鲜烧烤店，正好肚子也有点空了，决定就这家了。店里的装修是简单的松木，配上黄色灯笼，气氛很温馨，服务员都是一副渔夫的打扮，很有趣。

我们大致看了一下菜单，刺身、炸物、煮物、沙拉这些也都有，但主要是各种海鲜鱼类的烧烤。价格非常美丽，一份六种活鱼刺身，每样两片，50元人民币左右，蟹壳50元两个。蟹壳是要自己烤的，里面有一份蟹黄加蟹肉，量虽然不大，但是日本蟹膏的那种鲜美和国内大闸蟹是完全不一样的，有机会来到这里，就一定要试一下。另外，我们还点了扇贝、多春鱼和大蛤蜊，这些都是当天捕捞的鲜活海货，烤到半熟，鲜甜无比，再浇上一点微甜的寿司酱油，就可以畅快地吃了！我们还点了烤鲸鱼和䲠鱼，这两种鱼都是用醋渍过以后，炙烤到半熟，口感比较适合下酒。

银座　松屋百货食品超市

这天早上全都用来采购化妆品，为了感受各种产品，把松屋一楼所有的化妆品专柜都逛遍，结果到下午两点才觉得肚子咕咕狂响。下午还要接着给大家买礼物，所以干脆就不出去吃了，转到地下一楼的食品超市。

各种熟食和点心铺子陈列着琳琅满目的食物，说实话，在日本任何一家商场的食品超市都可以吃一顿国内高档日本料理水准的快餐。我逛了一圈，买了三样东西，一份靖鱼芝士卷配米饭、一份三文鱼菠菜沙拉、一盒白草莓。

米饭是香菇和昆布柴鱼汤焖烧出来的，带着日本米的甜糯和海鲜的鲜味，靖鱼则是烤得恰到好处没有发柴、轻微腌制的三文鱼，配上爽脆的菠菜和日本小红萝卜片以及洋葱，就是一顿健康又美味的午餐。

至于白色草莓，这是日本佐贺县培育的独特品种，口感偏奶油，但不会太甜不会太软，是非常完美的酸甜平衡。

新宿　京风百花大阪烧

在东京做造型师的文彬和我一起逛完Tokyo Hands，他推荐了这家位于新宿地铁站附近的大阪烧店。走进去就能闻到一股铁板烧的香气，面积很小，但客人很多。吧台的帘子上有可爱的猫头鹰形象的七福神。

大阪烧又称御好烧，其实就是一种煎蔬菜饼，上菜的时候，一碗蔬菜面糊里打了个鸡蛋，撒了一点姜末。文彬很熟练地捣鼓起来，先把碗里的东西打匀，倒上铁板，再加上加料：虾、鱿鱼、五花肉等。

一面煎到差不多就翻过来，直到两面都金黄色，刷上特制的酱汁，撒海苔和柴鱼。最后浇上沙拉酱，用铲子分成几块就可以吃了。大阪烧的口感是外脆里嫩的，蔬菜还能保持爽脆，酱汁和海苔、柴鱼成了点睛之笔。在关西地区最平民化的食物，在朋友的用心料理下，味蕾都被感动了。

银座　GIOIA意大利餐厅

准备回国的那天上午，约了日本芳疗大师高杉老师的弟子，林琳老师。自从高杉老师过世后，她就一直处于低谷。我们相约一起喝咖啡，在东京明朗的街头散步，聊了很多，直到中午，她便推荐了一家很棒的意大利餐厅，据说这家餐厅一直是超高口碑。

结果走到门口发现，管你是米其林还是超高口碑，日本的餐厅都是这样低调。门面普通就不说了，位置居然还在隐蔽的地下室。但走进去会发现，这里的布置像极了日剧中约会的地方，优雅舒适。

我原本以为这会是一家比较贵的餐厅，结果发现午餐的套餐（主食+饮品+甜点）仅是1500日元，折合人民币80元左右。

我点了招牌的海蟹意面，意面煮得软硬适中，保持了完美弹性，特别是意大利风味的酱汁将“番茄、芝士、海鲜”三种味道调和得非常完美，吃完恨不得再来一点面包刮盘子吃。主食过后，一杯红茶，一份巧克力冰淇淋，享受片刻惬意。

可惜自己着急赶飞机，没能好好享受，希望下次能和林琳老师一起组织日本芳香之旅，到时再补回这份难得的时光。

旅途

窗外是星光般的灯火，漆黑的车窗上照出自己模糊的脸，身后是一段风景和那些刚刚告别过的人；而前方，便是另外一片风景，另外的人儿。于是，离别的惆怅和即将相遇之间的那种迷离的状态，成了一种对我来说很独特的状态，而这让我非常迷恋。因为在这状态下，似乎全世

界都只剩下你自己一人，你可以不用和任何人交流，不用任何的伪装迁就身边的人，打开自己的心门，慢慢地想一些平时不太会去思考的事情。所以，虽然是在赶往某地的旅途中，但感觉，世界并没有那么的匆匆了。

没有烦恼的国度

其实这次我们一行人能组团去马达加斯加纯粹是一场意外。原本学会安排我和其他同学去马达加斯加研修，并且已经给我们安排好了行程，恰巧我另外两个朋友也想去马达加斯加玩，于是我们就约好了一起买机票，说走就走。我们的计划是先去毛里求斯度假，然后再去马达加斯加玩。但没想到学会最后因为报名人数不足，取消了这趟行程。

结果连同报名的另一名同学，就我们四个人抵达了马达加斯加。无奈之下我们只能自行安排，权当一次度假。

从Antananarivo机场出来，立刻有几个黑人围了上来，很“热心”地帮我们推行李车，实际上也就摸了几下车把手，结果到了出租车边上就开始要小费。幸好酒店派了司机来接机，把他们都挡下了，一路还跟我们交代千万不要带太多现金在身上，手机首饰这些最好放在酒店里面。说实话，虽然之前耳闻马达加斯加是全世界最贫穷的五个国家之一，但是一路过来才感觉真的和干净文明的毛里求斯不一样，一路上基本是农田和破败的房子，就连到了市中心我们看到的也是一个建在一群山丘之上的小镇摸样，倒是英国人和法国人殖民统治期间留下来的欧式

建筑让这个城市有了一点点历史感。

我们入住在总统府边上的酒店，因为总统府边上就是国防部，有大量军人驻守，感觉十分安全。星期天是重要的休息日，所有的商店都关门，几乎找不到吃的，但只要经过空地就看到各种足球运动，公园里面一直传来热闹的现场演唱，教堂里面唱诗班轻轻吟唱，果然是慢国度。

不过我们一出门，就在总统府门口遇见一个流浪的女人，她上来要东西，是个人高马大又黑又瘦西非人的样子。她看到我们同行的女生就扯着她们的衣服，带着一种让人害怕的眼神，我们赶紧掏出一张一元的美金塞给她，她这才松了手。

起初我们也吓了一跳，直到后来我们到公园里偶遇了一个中国人，我们像遇到救星一样走上去和他说话。原来，这位大哥其实在做摩托车生意，卖中国的摩托车，同时也搞一些木材、珠宝，倒回国卖。他和我们说，“其实马达加斯加的人民幸福感还是挺强的，所以性格比较平和的，至少不像非洲大陆西面北面的那一些人那么厉害。”

对付北非、西非的那些人，你就需要身上带一点碎钱，小孩就不用给钱，送他一点吃的，身上带一些糖果就好了。他问我们这两天来干什么？我们也没什么安排，就想随便逛逛。因为那两天，我们真的是迷茫。我们不知道该去做什么，就在首都滞留了，我们完全不知道还能干什么。

而且经过刚才那个事情，我们都不太敢出去。大哥后来跟我们解释道，白天出门都没事的。我们追问那晚上呢？大哥说：“晚上你们尽量打车出、打车回，所以你们要去哪里都是没有问题的。”后来他还带着我们在这个城市四处转了一下，顺道去他住的地方参观了一下。

后来，我们晚上约定去首都解放大道见面，就是火车站前面的最高

档的一个店。不过等去了之后才发现，这个最大的饭店也只是国内一般的小酒吧的规模，但是他们非常地热情，而且他们那边的酒很便宜，酒吧里面最贵的啤酒四块钱人民币一瓶，瓶身上印着三个马头，非常好喝。然后我们还很大胆地跑到外面露天的烧烤摊去买烧烤吃。说起非洲人民的烧烤，经常能够看到烤香蕉，那是他们的主食。比如说你点一块牛排，他们会问你配餐要香蕉，还是土豆，还是米饭，我强烈建议你们可以要香蕉，烤过的香蕉有一种迷人的香气，而且口感软糯甜美，配什么都觉得很好吃。我们就很大胆地在大街上和一群黑人兄弟们吃烧烤喝啤酒，回来就被那个大哥骂，他说外面的东西超脏的。果然，我们第二天真的就全部拉肚子了。

不过还好上完厕所就感觉没事了，于是我们就愈加放开胆子去逛这个城市，结果发现一个很有趣的土特产交易市场，就是叫……我已经忘了，我回头再回忆一下，我当时有拍照片的。其实就是一大片窝棚，类似于印度电影里面常看到的那种贫民窟，到处混杂着木头、铁皮，乱七八糟搭起来的，而且因为没有厕所，当地人就随处大小便，散发出十分刺鼻的气味，让人很不舒服。

ISLAND

刚开始你就会觉得怎么会有这样的地方在卖东西，但是真的进去就发现，这里卖的东西挺多，商品琳琅满目。有那种旧衣服、旧鞋子，欧美人扔的不要的衣服，然后集装箱一箱一箱运到他们那儿，他们就很便宜地买，所以马达加斯加人虽然穿得破破烂烂的，但是好像阿迪达斯、耐克、巴宝莉，都能看到，但是衣服都很破旧，可能都是捡来的也不一定。

但是交易市场里面有香料，有木材，有化石，有各种宝石，价格让人咋舌，当然我是说便宜得令人咋舌，一块拳头大成色相当好的黑水晶原石，报人民币1000块左右，而且还能还价，反正你就照着他们报价的五分之一砍就是了，那块黑水晶我花了200块拿下。

市场里面还有很多小孩跑来跑去，一看到我们拿单反相机在拍，就停下来摆好姿势表情。我们拍了之后给其中一个小孩看，他笑得更加灿烂地跑开了，随后又叫来更多的小孩，让我们给他们拍照片。拍完了，我们拿出随身带的糖果分给他们，他们高兴得都开始唱歌跳舞，还有一个小姑娘模仿李小龙，摆了一个武术的姿势，用蹩脚的口音说“你好”！

HAWK

你从他们的笑容当中就能发现，似乎他们真的是生活在完全没有任何顾虑、烦恼的国度，他们民族有一句古老的谚语，意思就是说，“反正你先快乐地过好今天，至于明天，明天再说”，大概就是这么一个意思。有点像中文俗话说的“做一天和尚撞一天钟”，得过且过，可能这就是他们快乐的源头。

有时候，我们会同情别人，就好像我们没有接触到马达加斯加人之前，觉得这个国家的人一定很困苦吧，后来发现完全不是这么回事儿。活在当下，你才会快乐吧。

永久花田里的争吵

2016年我们在科西嘉岛，走访种植园和蒸馏厂，遇到一个年轻的姑娘，拥有一片完美的种植园，面向大海，向阳的山坡，排水极好的沙砾地，一排排的金黄色的永久花，一直从山脚延绵到山顶，中间洁白的石灰岩边上长着郁郁葱葱的香桃木。

我当时问这位年轻的“地主”，这块种植园历史有多久，很意外的是她说她从七年前才开始种永久花，她父亲以及祖祖辈辈之前是用这块地牧牛羊的。在她二十岁左右，意外受伤，身上留下了一道深深的伤口，后来她在一本药学的书上查到科西嘉岛盛产的意大利永久花有活血化瘀、修复伤疤的作用，而且离开了科西嘉岛，这种花所含的功效性成分意大利酮就会大大降低，她觉得很神奇，就开始使用永久花精油来帮助自己，最后发现伤疤被一点一点疗愈。于是她决心开始种植这神奇的植物，而且咨询了农业专家，她们家族拥有的这块地，正是极佳的永久花种植田地。年复一年，这里便有了漫山遍野的永久花。

第二天早上我们再次赶往那片永久花种植园，因为跟姑娘约好，去拍难得的永久花收割。但那天早上，我们几个迟到了，因为前一天拍摄

夕阳和夜景，回到酒店已经十二点多。（是的，科西嘉岛的夕阳下山十点左右）。摄影师确实很辛苦，每天凌晨回到酒店，还要导出素材、给器材充电，可能三四点钟才睡。但是那天因为永久花收割从早上六点钟开始十点钟就结束了，只好和大家约定说早点起，结果，一个摄影师猩猩起晚了，一路上我就很火。

果然我们到的时候，工人们已经收工了。我好说歹说，说了一堆，

他们才过去意思了一下，割了几下，让我们能够拍到他们劳作的样子。但是真正要拍摄出高品质的美好画面，是需要反复地找角度，而且那个时候太阳已经老高了，那个光线斜度也不好。至于采访，更加是不可能了，欧洲人虽然请的都是吉普赛人的劳工，但是劳工们是非常有时间观念的，反正不会为你加班的。

我当时一肚子火，看着他们拍，拍完了我们在树荫下休息时，可能猩猩心里有点不好意思，然后他就说，我今天早上肚子不舒服所以来晚了。一听这个解释，我当时火就更大了，再也压制不住，正好手上拿了一把镰刀，我当时狠狠往地下一摔，甩脸说，“工作不要找理由，我管你闹不闹肚子，来晚了就是来晚了，我们这辈子以后有没有机会再来拍这个地方都不知道！”然后巴拉巴拉愤慨地说了一堆。

然后他也火了，因为那把镰刀是弯的，它磕到地上的石头之后，再弹起来，差点伤到另外一个女孩子摄影师贺。他说，就算你骂我，你也XX不可以摔东西，万一伤到别人怎么办？我突然一瞬间感到懊恼，心里超级不好意思，如果刚刚的意外真的发生了，我真的会特别后悔难过。这个时候气氛凝固，海风吹上山坡，满山的永久花随风起舞，香桃木树丛发出沙沙声。尴尬地站了一会儿，我突然说等一下中午去吃牛排吧，然后我就问他们科西嘉岛小牛排超级有名你们知道吗？

贺马上接过话头，说好牛肉品质好的话，就要吃三分熟的，这样肉质才鲜嫩呢……终于气氛略有缓和。大家开始收拾器材，坐上车往海边的餐厅开去。

我们找到了一家特别好的牛排，然后吃到了巨好吃的牛排，店里的

老板对我们还挺热情，他说："你们是中国来的，我特别喜欢中国，我一辈子最大的梦想就是去中国。因为中国有很多很多的人！"

随后他还问我们从哪里来的，我说我们从杭州来的。他说，"杭州我没听说过，离上海远吗？"我说，"是个上海边上美丽的小城

市。”“那你们城市有多少人口？”“大概八百万人口。”“八百万人口！”他惊讶道，“我们科西嘉整个岛才四十万人口！你居然说八百万是个小城市！”老板淳朴的发言引得大家开怀大笑。

后来他就拿了一个装着紫色液体的酒瓶过来说，“这是我自己酿的香桃木果酒，送给你们尝尝吧，喝不完带走。”我们每人都倒了一小杯，我把酒杯递过去给猩猩说，刚才我有些过了，真的挺不好意思的。

猩猩一饮而尽说，“其实你这样的态度是对的，正如你说的，我们这一辈子还会不会回到这片田来拍摄这么美的地方，真的不好说。所以我保证从明天开始绝对不会再迟到。”说完跟贺一起给我了一个大大的微笑。

他们的回答让我释怀，是啊，可真的想要做好一件事情，还是要较真儿到底，哪怕一不小心撕X，到最后才不会后悔。只要是志同道合的人呀，哪怕都有棱角，磕磕碰碰，吵吵闹闹的，最后个个都能磨砺成光滑的鹅卵石。

再说，有什么暂时的问题，一顿饭不就解决了吗，如果不能，那就两顿！

保加利亚的“采花大盗”

2015年6月3日卡赞勒克玫瑰谷

凌晨五点起了大早，去种植园，从卡赞勒克出发，一直向巴尔干山脉驶去，清晨六点的空气凉爽而沁人心脾，路边一排排的樱桃树，黄的红的紫的大樱桃闪闪发光。

眼看青翠的山脉越来越近，一个转弯，突然就出现一大片大马士革玫瑰，再往山那边望去，是延绵不绝的种植园，淡淡紫色的是薰衣草，绿色灌木都是玫瑰花，有玫瑰色的千叶玫瑰，粉红色的大马士革玫瑰，还有洁白素雅的白玫瑰。

这是一片完全有机种植的芳香种植园，但是由于完全采用人工除草，所以并没有杂草丛生的景象，整个种植园都在巴尔干山脉的环抱中，天空好像刚被洗完的蓝色布匹，有几朵白云挂在上面，好像油漆工试色随意涂了几笔。清新的风带着鸟鸣声，吹过玫瑰枝头，把绽放的花朵和花蕾逗得摇头晃脑，也带来阵阵的扑鼻清香。

随手摘一朵千叶玫瑰，放在鼻尖，粉粉的甜香，那是最高档的香水调香师梦寐以求的气味；再摘下一朵大马士革玫瑰，甜美而丰满的香气，宛如保加利亚女性一般热情奔放；和它一比，白玫瑰的清香就显得好像未成熟的少女一般，恬静素雅。这里我发现了一个奇怪的现象，就是种植园的花朵，比国内或者其他地方看到的要多，而且有一些仔细看花瓣已经发黄，显然是前几天就开放的，要是在别的种植园早就被摘走拿去蒸馏了，我心想难道是因为工人偷懒？

事实上保加利亚当地人和吉普赛工人，每天都很勤劳地松土、除草、浇灌。真正的原因是我们到卡赞勒克的那两天天气晴好，一下子开放了太多的花蕾，而顶级的玫瑰精油和纯露必须在前一天下午或者晚上，下一场清透的雨水，这样就能保证夜晚的温度下降，玫瑰花能最好地合成并保存芳香物质。而这家蒸馏厂只在这样的天气摘下清晨开放带着雨露的鲜花，以保证每一朵花的含油量和香气都是顶级的状态。当然，那些前几天开放的花朵，就让它们留在枝头给上帝欣赏了。

山谷中还有淡紫色的薰衣草田，正在孕育花苞，在阳光下泛出淡淡白色，那是花苞上的绒毛反射出来的光线。让山谷的风一吹，一整片的薰衣草田翻涌起了淡紫色的波浪。而山谷中的空地，是成片的绿色草地，好像油画一般点缀着红色黄色紫色的小野花，其中最多的就是白色

的野生洋甘菊。漫步其中，随手摘一朵小洋甘菊，望着它小羽毛球一般的样子，多么充满生命力呀。

离开种植园，我们来参观我们合作的蒸馏厂——一家兼具传统和现代化的工厂。老厂区是1909年建立，是目前世界上还在生产玫瑰精油的最老的蒸馏厂。进入庄园，松柏参天，溪水潺潺，天然气锅炉发出轻轻的轰鸣，和着啾啾鸟叫，好似二重唱一样有趣。

凌晨四点开始，采花工人就开始采摘带着露水的玫瑰花，这个工作一般持续到早上九点左右结束。摘下来的花被装入一个个十公斤左右的袋子中，袋子下方有两个小孔，能把露水或者雨水漏掉。花材会通过一半地上一半地下的房间送入，进入的每一包花材都会先打开袋子通风散热，地下室阴凉的温度则有助于保持花材不被高温闷酸败，而且在当天下午五点之前蒸馏完毕。（看过很多蒸馏厂，因为花的产量很大，蒸馏处理来不及，就会先用盐来腌制鲜花，虽然保证了产量不下降，但是对精油的品质有一定影响，至于用这花材蒸馏出来的纯露，基本上就是没法用了！）

走进锅炉，香气扑面而来，看到八个铜锅一字排开，真是震撼。这一套还保留了传统水蒸馏法的锅炉，改造后安装了最先进的数控，继续生产最高品质的玫瑰精油。

另外一套使用水蒸气蒸馏的设备，通过数控，生产精油和纯露。每个锅炉一次投料500公斤玫瑰花，每3~4吨花出1公斤精油；但如果蒸馏纯露原则上每公斤花材出1公斤花水。它们的工艺不同之处是：如果生产精油，玫瑰纯露会被循环蒸馏，最大限度地保留精油；蒸馏纯露则不会这样做，而是直接将冷凝的纯露带微量精油一起装入一个大罐子，等到一两个月纯露静置混合香气成熟以后，才能得到精油含量高达千分之七的顶级纯露。

有机的玫瑰花材只在有机的锅炉蒸馏，而蒸馏剩下的残渣则用来做有机化肥。有机农肥是用马粪、牛粪和蒸馏残渣混合泥土后，放入来自美国加州的蚯蚓，进行三个月到半年的发酵，这就是有机玫瑰的肥料了。

接下来走来一位长得极像老照片里面家族创始人的帅哥过来跟我们握手，介绍自己叫菲利普，也就是这家工厂现任的老板。他带我们来到一个小房间，喔喔，一百年的历史全在里面了：创始人曾用过的公文

包、钱包，账簿，各种精油的容器和分离装置，还有小小的三角勺，能用来分离精油和纯露，工厂百年历史就浓缩其中。最令人震撼的是，他们居然保存了一个一百年前的精油玻璃瓶，里面还有残留的玫瑰精油，一百年前的玫瑰精油！闻了一下，醉了，略酸，气味复杂，无法形容，但一想到百年前的大地能量、季节变化、阳光雨露、时间流转、岁月沧

桑，都通过这一抹香气传递给我们，感觉很奇妙！

得天独厚的玫瑰谷核心产区种植园，从提前半年开始准备的有机花肥，到每天采摘每天新鲜蒸馏的方式，精油和纯露分开不同工艺萃取，一百多年的工艺沉淀和几近严苛的生产标准，让他们出产的玫瑰精油特别是玫瑰纯露，拥有整个玫瑰谷最高的品质，也可以说是代表了地球上的最高水准，当然，价格也会比一般的蒸馏厂高50%之多。

看到这里，大家应该能明白，为什么这家蒸馏厂会被誉为“玫瑰谷的钻石”，它并非保加利亚产量最高的种植园蒸馏厂，而是一家坚持传统并不断创新的家族企业。如果说一般的蒸馏厂就好像法国葡萄酒的那些集团大厂，那么它们就有点像木桐、玛歌那样的顶级酒庄。

最后，我问菲利普说，你们的原料贵人家那么多，不怕丢了大单子？

他居然一仰鼻子，傲娇地说，我只跟懂我们东西的人合作。

我笑了，那我也算是一个咯。

他说，当然！

从保加利亚回国直接在上海参加了三天的法系芳疗国宝级大师——

法兰贡先生的尖端芳疗研讨课，紧接着又杀去北京参加保加利亚玫瑰的发布会，这一折腾又是离开杭州大半个月了。

今天是一个初夏的雨天，梅雨季节的杭州还是闷热异常，不过因为是近两个月来难得的休息天，所以跑来星巴克喝咖啡敲点文字。今天午饭在父母家吃，我妈听到我咳嗽，就很心疼地说，整天跑来跑去，弄得这么累干吗？也会有身边的朋友说，看你的朋友圈，真是各种拉仇恨，整天在这个国家那个国家旅游，在美丽的地方采花，整天吃吃吃，你这日子过得也太爽了！

其实对我而言，既不觉得这很辛苦，也不觉得这很爽，只是觉得这算一件幸福的事情。因为这是我工作的一部分，也是我喜欢做的事情。以前刚刚开始学习芳疗，心中就觉得进口的精油一定好，结果接触的精油牌子多了，就开始彻底凌乱，为什么不同品牌的香气、质地相差那么大，就一个最常见的乳香，两个牌子的差别可以大到让你惊呼这确实是一个品种吗？

后来才发现原来自己真是学艺不精，只是学了一些书本上的理论知识，按照书本上的配方直接运用，往往就没法奏效。一方面，就算同一

个品种，比方说百里香，在不同的海拔种植，就会形成不同的化学成分，所以对应的功效也会不同；另一方面，在不同的蒸馏工艺和品质管理下，精油和纯露的差别也很大，这也会大大影响它们的效果。

说白了，芳香疗法和中医一样都属于自然疗法，而精油和纯露首先是农产品。就好像咱们老中医开个方子，说要用人参做药引，你用药材生产基地批量种植的人参，和长白山野山参，肯定有巨大的差别呀。而且事实上，市面上大部分的精油和纯露，经过蒸馏商到贸易商再到品牌商、经销商，这中间有太多的水分和猫腻，到你手上的东西早已不是它收获蒸馏出来的样子了。

所以这些年跑下来，慢慢领悟到一个道理，做学问你要“知行合一”，而做产品你一定要去“亲眼见证”。一方面，只有你亲眼见过了那些植物如何生长、自然环境如何，你才能领悟到它的疗愈力量从何而来。比方说你见过乳香从割裂的树皮缝隙中流出来，就能感受到它修复伤口和心灵创伤的作用；而你见过欧白芷高大蓬勃的样子，才能知道它给人元气十足的能量从何而来。

另一方面，也是一种无奈，因为只有你亲眼见证，从种植到采收一直到蒸馏，这里面有太多的门道，所以不同的蒸馏厂的出品差别确实很大。至于做假的问题，你从蒸馏厂的罐子里面直接接一瓶样品，到时候人家才不敢给你的东西里面掺假。不要以为欧洲人就完全不做假，至于印度人就更不用说了，真是有三天三夜的槽可以吐。

所以，每年的4月开始，一直到8月底，我就会像蜜蜂一样飞到各种芳香植物的产地去，从非洲的马达加斯加到南法的普罗旺斯再到中东伊

朗、土耳其，再到国内的四川、广西、云南、新疆，只要有芳香植物的地方，我就会赶过去。

我觉得这样子真的挺幸福的，反正自己平时工作和做产品都超级忙，干脆就把这当作某种意义上的度假，一边工作一边旅行，挺不错的，旅行的时候不会觉得哎呀又耽误工作了心生内疚感，工作的时候又会想妈呀我这工作真是风景优美好像旅游！

于是，一年又一年，我就乐此不疲地做起了“采花大盗”。

赶路

一直在赶路，

不断赶路，

从每天两点一线的轨道上偏离。

在阳光灿烂的清晨上路，

然后，

展翅，

高飞。

外公讲过的三件事

因为从小父母都是很忙的，所以我在上了小学之后，就开始被托管到离学校更近的外婆外公家里。外婆是个随和的主妇，而外公则是一脸严肃的老党员老革命。记忆中，几乎没见过他老人家脸上出现过笑容。

记得上小学二年级的时候，我和老师起了一次冲突。

当时我们有一门课叫常识，会讲到天文地理生物的各种知识。一次，常识课的老师讲到太阳系的九大行星，他当时说土星是转得最慢的，然后自转的速度决定了星球的体积，自转越慢，球体就越大。因为我从小就喜欢翻《百科全书》，还有《世界奇观大全》这类科普读物，我听了之后，立刻站起来反驳他，因为我记得书上写木星是最大的。

我当时那个激动啊，举手之后就站起来，当着全班同学说老师木星才是最大的，随即便被常识老师说不可能，老师说的怎么可能错。后来我特不服气，回家之后，对外公说了事情原委。外公陪我一起查看了《百科全书》，再一次印证了木星才是最大的，所谓“自转越慢，球体越大”根本就不是一个正确的规律。于是，第二天我就攥着小拳头，挺着胸脯扛着《百科全书》到学校里去。

一上课，我就举手发言，“老师我发现……”说了一堆后，常识老师却说：“你讲的东西跟今天学的知识一点关系都没有。”我一听就很火大了，那个老师还说：“如果你再扰乱课堂纪律，我就让你出去罚站。”我一听就更火大了，我说：“罚站就罚站！”于是，我自己抱着那本书，就去外面罚站了。后来那个老师也有点挂不住面子，他说：“过了十分钟，你可以回来了。”然而我觉得这算什么啊，真理在眼前都不承认，没有更正自己的错误，既然你让我出去我就不回来了。

后来，我回到家就和外公说了老师让我罚站的事，越讲越生气，因为年纪还小，表达也不清楚，说了半天，脸涨得通红，开始口吃了。外公突然笑了，我被他少见的笑容惊呆了，他伸手揉揉我的头发说：“你做得对！真理永远大于权威。”这句话一直伴随我至今，常常在脑海中回响。

另一件事则和我的随身听有关。外公很疼爱我，会给我买不少东西。曾经他给我买过一个随身听，我很喜欢听音乐，以至于自习课上做作业我就会塞上耳机，沉溺在音乐里面写作业，更何况自习课没有上课的老师。不过自习课也不是全然放松警戒，还是会有检查的老师偶尔游

走各个教室。

有一次，一个检查老师看到了我边听音乐边做作业，直接没收了我的随身听，并告到了我们的班主任那里，说是期末了才还给我。后来我回去就和外公哭诉，自己的随身听被没收了。

没想到外公听完二话不说带着我就到学校去要东西。外公对我说，一定会让老师还给我，因为这是私人物品，而老师不是警察，学校不是执法机构，不应该没收学生的东西。但是他又说，你以后在家里做作业是可以听的，就不要在自习课上听了。

我很爽快地答应了外公，然后东西果然也被要回来了。

再后来，我大学毕业那年，外公问我："你毕业以后要做什么工作？"实际上我外公早已经为我安排了一个绝佳的工作机会，但我对他说，"我已经找到自己喜欢做的事情，就是做游戏。"

他说："那你以后就做游戏了吗？"然后我跟他解释了一下开发游戏的理念，他说这个也挺好的，然后他又问了一遍说："那你好好干？"然后我跟他说，其实我想锻炼一下，我以后是想做生意的。他说："做生意也挺好的，但是我要告诉你，做生意很难，你得要有三个千万。"

我诧异地笑道："要三千万啊，你加上我爸我妈连三百万都拿不出来吧？"

他突然很严肃地说，"首先你要跑遍千山万水，走南闯北才是好男儿；第二个是你要历尽千辛万苦，去排除千难万险；第三个是你还要拥有千言万语的传道士一般的精神。做生意其实就是传道。"

当时外公说完这三句话，虽然内心有一点点的小触动，不过毕竟年少，很快就抛在了脑后。直到去年，去他的坟前祭奠，才突然想起，发现对这几句话记忆犹新，但只能望着山坡上一排排的丝柏和远处的青山湖水，风儿在耳边发出轻声细语。

再次飞翔与落地的旋即

长假本来是准备在北京留守加班的，反正自从工作之后，也没有真正地休过一次五一和十一假期。说起来，自己还真是一个双休日都不太有的可怜人呢。

在1号那天，去了公司，偌大的公司，居然是空荡荡的，也许是因为自己到得太早，其实就算是加班的人，又有几个会真正按时呢？看看窗外学校的足球场，平时总是一茬茬人的绿茵上，居然也是空无一人，寂寂寥寥。

不知为何，突然想起了三年前对自己许下的诺言，想起了三年前求的那支签，想起了三年前那张脸，所有的场景画面人物时空，呼呼地钻进我毫无防备的脑中，挠得我痴痴而笑。

其实，那诺言已经成为现实，那签显得相当灵验，那张脸……呵呵，见了就会笑。

于是，我马上打开了电脑，订了回杭州的机票。

也许五月将会是更加忙碌的季节，

那又怎样？

让我们按下十字路口的红绿灯，

让所有的一切，

为我们开道，

再次飞翔与落地的旋即！

让我们，

转身，

奔跑，

然后飞翔！

尼斯避险

去年我差点遇上一场恐怖袭击，当时跟一个帮我们负责原料贸易的朋友拜访完格拉斯的供货商，回到尼斯准备回巴黎，结果朋友说，尼斯的鹅卵石海滩超有名，是全世界名流富豪都很爱的度假胜地，要不然就在那儿多待一天，小度一个假吧。于是，我们定了一家海滩边上的传统酒店，入住的时候前台的Madam和我们说，第二天是法国国庆日，晚上海滩要放烟火的，强烈推荐我们去，于是我们又决定多待一天。

尼斯确实是一个充满魅力的城市，光洁的鹅卵石，碧蓝的海水一直延伸到天边和蓝天融为一体，寻找小鱼儿的海鸥和载着世界各地度假的人的飞机，在城市上空盘旋。熙熙攘攘的人在各种纪念品店、冰淇淋店、老房子、教堂间穿梭，夕阳穿过地中海风格的石房子之间，照到石板路上。

我们惬意地坐在马塞纳广场边上的百年老店里，品尝着巨大的海鲜塔，龙虾、面包蟹、螯虾……还有那带着海风般咸腥又甜美的黑武士生蚝，口感清新、色泽明亮的香槟，广场上每一个人都带着微笑，果然是法兰西最浪漫的度假胜地啊。

第二天早上起床之后，我一个在巴黎上学的妹妹给我打电话说，这一天是法国的国庆日，晚上有“巴黎铁塔烟火秀”，她说你们别待在尼斯了，巴黎铁塔上放烟火好看多了，而且更热闹。于是，我起床就和朋

友们一说，我们决定动身去到巴黎。

刻不容缓，我们买了火车票，火速赶到巴黎。到了巴黎，到塞纳河边上的一个餐厅和妹妹会合，一边吃着饭一边欣赏烟火。饭后还沿着塞纳河散步，到处都是狂欢的人群，路上车子大按喇叭，有人会伸出车窗挥舞法国国旗，高喊法国万岁！很多年轻人聚在一起，在广场草地河边欢庆，有的甚至跳到喷泉当中跳舞，兴奋的人们还堵住路过的汽车，把每一辆车摇晃一番，才放行过去，真是浪漫又充满激情的法兰西人啊。

拍了不少照片，顺手发了微博，然后一刷便发现尼斯刚刚遭遇了恐怖袭击！而且地点就在我们之前要去看烟火的鹅卵石海滩，也就是我们定的那个酒店的楼下。我把新闻给朋友看，我朋友脸色大变，一直催促说快回去吧，万一还有恐怖分子在巴黎也来这么一出怎么办。于是我们一行人快速地离开，早早地回到酒店。

我们回到房间，回过神来，惊呼这是逃过一场恐怖袭击啊！我那位朋友还发誓说以后再也不来欧洲了。

我突然觉得有点好笑说，“其实咱们也不用那么担心，你遇上一场恐怖袭击的概率，还不如在大马路上被车撞了的概率高。你看我在去马达加斯加之前，有很多人就提醒我说，马达加斯加特别乱，当街抢劫，有一个女游客就是因为坐摩托车被抢包，然后整个人从车上被拽下来，发生了意外……我就跟他们说，我们碰到这种事情的概率是非常小的。”

听完他还是碎碎念念说，“我可不像你，你胆子大，非洲、中东、欧洲满世界跑，从来都不知道小心一点的，我是以后不敢来欧洲了！”

我这个朋友，其实第一次来欧洲，要知道他做的都是和欧洲人有关的进出口生意，已经十年了，只通过邮件和电话来对接。

我对他说：“你也是真神，以后你每年都要和我来趟欧洲，否则……”我跟他开玩笑，“否则我就不跟你做生意了。”

如果你随随便便就去担心这么一个小概率事件，那你永远都没有办法出去了，是吧？人生根本就不需要去担心那些你不该担心的事情，或者你没法担心的事情，是吧？

每次旅行最大的意义，就是你能跳出你的人生

到法国第一天，我们驱车来到法国小镇吉维尼，印象派大师莫奈曾经长期居住在这里，并且把自己的别墅建成一座异常漂亮的花园，世人称之为莫奈花园，当然，他也在这里完成了自己的经典作品——《睡莲》。

到小镇的时候，正好是傍晚，七点法国的天空还是明亮的，云层很厚，乌云却不像杭州江南梅雨天那样低沉，风流云散，好像用油画笔挥毫而成。

DINAN
Animaev

整个小镇非常安静，安静得近乎睡着了，法式乡村别墅，样式和南法的不一样，风格也更加多变，但主要以黄色砖泥墙、红色瓦片顶为主，每一家的门口和小花园都被精心打理，感觉好像置身童话当中。

吃过当地地道的海鲜奶油火锅、香草焖米饭，胃舒服的不得了，然后沉沉的睡意袭来，几乎是飘着走回房间，好像被人重重击倒一般，脸都来不及洗倒头就睡。

我原来在北京工作的时候，从来没有出门旅行过。但是后来我觉得这样很遗憾，我没有出去看过世界，而且好像这么多年，没有真正思考过自己的人生。我觉得每次旅行，最大的意义，就是你能跳出你的人生——你生活习惯的样子，你的思维方式，等等。

在旅行中，我喜欢去寻找当地人的生活方式，每每到了一个新的城市，有一个地方我一定去，就是当地的菜市场，而且我一定是努力寻找当地最好的餐厅。我一定会问当地人，而不选择去看旅游攻略，因为很多推荐都是不靠谱的。每跑到一个地方我就直接问当地人，“你觉得最值得推荐的餐厅是哪一家？”

他就会说：“那家，前面餐厅转角，不太会错的！”

TOMME DE

Tandori
3€/100g
HERBES DE PROVENCE
CUMIN
CINQ PARFUMS
QUATRE EPICES
CURCUMA
CANNELLE EN BATON
Ail
Mélange Poissons
Piments forts
Miel de Corse

我还有一个习惯，我会在那个城市看属于当地的书。比如说我在巴黎待着，我就去看《巴黎圣母院》或者《悲惨世界》。这样，在阅读中就能把街头巷尾的一些小的景色，通过别人的一些描绘，自己勾勒出书中的气氛，感受巴黎用石块堆起来的路的脚感。

其实你走在路上的回声，每一个细节，它都能带来一种更丰富的体验。你去菜场，会发现和书上描绘的感觉是很像的。比如，菜场的老妪、热闹的集市，以及一走进去就能闻到的独特的奶酪味混杂着熏肉味。

我觉得这样子做的意义就在于，你没有办法活很多辈子，人生是很短的，但是你可以通过旅行这件事情，获得一种生活在别处的契机。体验别人的人生，这样就开拓了你的人生。

无法被定义的音乐极客

大学刚毕业的时候，很迷《星际牛仔》（*Cowboy Bebop*）这部动画，如果放在当今来看，传达的精神依旧沸腾，这也是《星际牛仔》堪称二次元里必看经典之作的原因。尤其是每当音乐响起的那一刻，所有细胞被激活，为了守卫真理自由而战。这部动画的音乐制作人便是赫赫有名的菅野洋子。

早期的洋子在大学抱着“玩”的心态出了一张乐队的专辑，随后开始为游戏做配乐。给我感触最深的一点也是在于，这个人可以“玩着玩着就把音乐做得如此厉害”。后来，洋子在她丈夫的影响下，一点点接触动画的背景音乐制作，仍是抱着“玩的心态”，自此走上了一条“不归路”。在用音乐表达作品情感上，洋子可谓是游刃有余，这也是在动画导演挑音乐制作人时往往考虑的重中之重。而洋子的曲风似乎“千变万化”，任何题材的动画都可以很快驾驭，甚至一些商业广告、电影的配乐也都可以有很好的发挥。

洋子的音乐很难说清楚风格，追溯起源，很可能是早期受到宗教音乐的熏陶，洋子的父母都是基督教教徒。有人说洋子的音乐不够大气，有人说洋子的音乐是印象派，但无论如何去评价她的作品，当你拿起耳机，听到节奏与旋律与眼前呈现的画面相结合的时候，那便是你最身临其境的时刻。洋子是一个不乏灵性的音乐创作人，同时她“玩”音乐的高超技巧也令人发指。

Living Inside the Shell-Stand Alone Complex OST2

这首由菅野洋子作曲，收录在*Stand Alone Complex OST2*中的歌曲节奏慢拍，编曲绵密而略有压抑的感觉，前奏的小提琴很显然是古典的

拉法，相当的有感觉。然后洋气十足的节拍和拨弹阵阵的吉他伴着主唱不算沙哑却韵味十足的嗓音，不断地拍打着你的耳朵。值得一提的是，主唱Steve Conte那种中音区偏上一点就开始很平滑地使用假声的技巧，听上去相当的懒洋洋却非常的舒服，反倒最后一段高音区开始的时候，用回了正统的摇滚高音真声唱法。

看了歌词，才发现，这是一首感叹心灵的约束和呼唤超越想象的歌曲。放飞的感觉贯穿始终，甚至我自己第一遍听的时候，还有一点海滩拍浪的感觉，Steve Conte从*Cowboy Bebop*起便和菅野洋子合作，本职工作是美国Stduio乐队The Contes的主音和吉他。见光率不高的人物，呵呵。不过他和菅野的合作倒是为很多动漫fans所称道，其中一首*Call Me Call Me*已经是*Cowboy Bebop*这部神作里面公认最佳歌曲之一了。这首*Living Inside the Shell*更是表达出了相当好的素质，压抑而蕴藏着挣扎向上的力量。

I Do-IlariaGraziano-*Stand Alone Complex OST2*

这可能是菅野洋子为《攻壳机动队S.A.C. 2nd GIG》所配的所有原

声当中最为柔情的一首歌曲，也绝对是这部满是哲理的动画“Ghost In The Shell”系列音乐当中最好听的慢歌。

第一次听这首歌，当清澈流畅的钢琴声响起的时候，我就知道这将会是一首能够揪住人心的歌曲，但是当Ilaria Graziano有如蝴蝶飞舞般的声音从钢琴声中飘扬出来时候，我还是被镇住了。柔美的声线幽幽地用意大利语吟唱着旋律，温暖无比却坚定异常。随着副歌部分开始，

钢琴和人声都以更为坚定的姿态开始呼唤着，而电子的低频也加入了进来，一遍一遍地重复，I DO……I DO！

I DO……一个永恒的承诺。

Space Lion-Cowboy Bebop OST I

当悠然的萨克斯响起的时候，你一定会以为这是一支具有浓浓情调的Blues。

很抱歉，你猜对了一半。

在音乐进行到2分16秒的时候，空灵的手鼓开始加入，由弱变强，慢慢成为旋律的主调，然后，类似印第安灵魂吟唱和冲绳一带民歌两种民族唱法开始琴瑟相奏。前者有如一条灵魂的光彩，绵长而飘逸，贯穿整一个宇宙空间；而后者阵阵高唱，直冲云霄，钻入宇宙深处；萨克斯也一改前半曲的慢条斯理，开始颤抖，开始呐喊……只有用低音和电子合成出来的宇宙音背景，依然深邃寂寞。

当时第一次看动画的时候，已然非常喜欢，昨天突然在电脑的耳机当中听到被随机播放出来的*Space Lion*，不知怎么地，就停下了鼠标，静静地听完了这整首音乐。

然后……想起了一些过去的事情。

于是找出播放器，重新让这萨克斯开始吹奏。

再次侧耳低头……听完音乐。

心中忽然有了一种释然，倒头便睡。

梦中好像又看见了那装了十二支红酒的橡木箱子，安静地摆在客厅的中间。

动画《星际牛仔》Session 2 "Stray Dog Strut"

第二集的标题“Stray Dog Strut”（野狗阔步）的来源应该是“stray cat strut”，Rockabilly（融合乡村乐与摇滚乐的一种狂野的音乐形式）的经典曲目。

动画的第二集讲的是智商高达180的聪明狗狗爱因，是如何流落到斯派克所在的Bebop飞船上面的故事。感觉整个第二集一直是奔跑、奔跑，斯派克奔跑着追逐着爱因，哈哈。真是相当有趣。

当时用的音乐是*Want It All Back*，相当喜欢的女歌手那种粗暴而坚

定的嗓音，连低音部分都相当具有呐喊的感觉，配上跳跃异常的鼓点和电吉他，畅快淋漓啊！

不过最强的还是那段*Bad Dog No Biscuits*，简直是强悍得很。之前就说过，Rockabilly是融合乡村乐与摇滚乐的一种狂野的音乐形式。大家可以仔细地听那些用电吉他的疯狂扫弦模拟出来的鸡的叫声，还有各种号模仿的大象等声音，结合了背景的人的欢呼声，是不是有点乡村马戏团大会演的感觉呢，哈哈。听很多遍都会觉得超欢畅的那种疯狂，仿佛可以随着音乐一直蹦蹦跳跳，疯狂奔跑。菅野洋子在这段音乐当中展现了相当复杂的编曲能力和搞笑的童心呢。

说到狂奔了，我觉得自己还蛮喜欢狂奔的，上学的时候就超喜欢看着外面下雨了，然后就在下课了以后一路狂奔回家去，回到家里，脸上仍然是超兴奋的表情呢。老妈看到了也不怎么奇怪，递上一条毛巾随口骂上一句："落水狗一样地奔回来，擦擦吧。"

后来某人也常常说这句话，还会加上一句，"帅哥是不是都不喜欢打伞啊！"

于是，我更加爱上了这种狂奔的感觉，为的是有人给我递毛巾，帮我擦去脸上的水珠和兴奋的表情。

直到，那人不在身边之后。

不变的是奔跑着的人生，其实在生活当中更需要冲刺的状态。

从洋子的作品中，我们能够看到一个大胆活泼的女性对音乐的创作态度。她似乎永无止境地在探索新的"玩法"，从不拘泥于所谓的风格，也并不在意外界对她的定位，或许她对音乐本身的热爱正是来自她的真实。其实任何行业，任何人，一旦将自己的态度放真实，将事情做到淋漓尽致，或许每个行业都可以找到几个菅野洋子。

有没有一句感谢，值得你飞越千山万水

很多朋友都会觉得奇怪，问我怎么老往日本跑，说起来从2015年2月到现在，来来回回往日本跑了有五趟了。之前几趟不是去瓶器工厂，就是谈设计公司，后来跑原料产地拍摄什么的，虽然好吃好玩的都没落下，但基本上都会带着工作。

这一次月光之旅专程带着治愈星的小伙伴们，从京都玩到奈良再到神户淡路岛，一路下来真是无比放松惬意，最最重要的是，这一趟圆了自己一个心愿，就是亲口和上次没有遇见的招德酒厂女杜康大塚老师说了一声谢谢。

因为开发月光水的过程中，我们想寻找一种稻米发酵物。做清酒的时候酒米经过酵母发酵，会产生这种营养物质，能够滋养皮肤，给女性带来细嫩光泽的皮肤，这个事情早就通过SKII神仙水Pitera的故事家喻户晓。当时我们找到了日本天然原料提取第一大厂商特科诺宝，对方在介绍他们这个发酵物的时候特别提到，这个清酒酵母发酵物来源于一家京都伏见地区拥有370年历史的老酒厂——招德。

招德酒厂善于酿造女酒，也就是使用非常柔软口感的水来酿造清酒，适合女性饮用，而更重要的是，招德酒厂的首席酿酒师——杜氏，是一位女性，所以更加为出品的清酒增添了一份柔美之感。

当时听完这份介绍，我内心就对这位女杜氏充满好奇，因为了解清酒文化的同学一定知道，清酒的酿造一直是男人的世界。一方面因为酿造清酒是一个非常考验体力的技艺，另一方面，传统文化当中对女性的偏见（日本传统认为酒神是女性，如果有其他的女性进入酒窖，酒神会嫉妒，酒会变质，所以拒绝让女性进入酿酒厂），也导致女性在酿酒师当中的比例简直凤毛麟角，而能够掌管一家370年历史的老厂，这就非常有趣了。

后来又了解到，这位女杜氏大塚女士，原本在京都大学研究生物工程，在这个过程中对清酒酿造着了迷，于是决定毕业之后学习酿酒技艺，结果遭到家人一致反对，因为在日本不是人人都能上大学的，如果能在京都大学这样的名校毕业（京都大学世界排名比北大清华还高），那么进入一家大公司研究所显然是更好的。

但是大塚坚决地踏上了成为酿酒师的路，先是在几家小酒厂跟着杜氏学习，后来决定正式出道，可是当时敲遍京都地区所有的酒厂，都没有一家愿意收留一位女性作为杜氏。最后她来到招德酒厂的时候，也是非常巧，正好这家老酒厂的杜氏身体出现了状况，于是社长无奈之下收留了大塚，结果发现大塚不仅技艺娴熟，而且有着超乎常人的执着，很快就在当年酿造出一批广受好评的清酒，于是，她也顺理成章地成为了酒厂的首席酿酒师——京都伏见地区唯一的一位女杜氏。

听完这个故事，我就更加希望能见大塚老师，因为我一直都是对拥有职人精神、为自己的信念百折不挠的人所吸引。我就跟原料商说，我很想去拜访招德酒厂，希望他们能够安排。

结果后来8月去拍摄酒厂的时候，却因为夏天根本不是酒厂的酿酒季，所以大塚女士正好休假，于是遗憾错过。但是当时酒厂社长给我们播放的视频里面一个小的细节，让我非常在意，我注意到有一段音乐叫《月光下的女王》，是一段小提琴独奏，非常的静谧。于是我就问，这首曲子是哪张专辑里面的？没想到竟然就是女杜氏大塚自己写的乐曲，就连小提琴都是自己演奏的。这首曲子描绘的就是她自己在月光之下，感受到酒米、酒曲、酵母，就好像自己的子民，在自己的指挥之下，酿造美酒的场景。

真是一个有才情的女性啊！

后来回到国内，完成了月光水的开发，最终的完成品大家口碑一致的好。这个时候已经到了2015年11月，于是我又想起来，招德酒厂的酿酒季要到了，于是马上联系对方，再一次约定拜访时间，才有了这次的月光之旅。

最后见到大塚老师，她正在酒厂忙碌，甚至没有时间和我们一起喝一杯茶。我只是把月光水交到她手中，然后说了一声谢谢，谢谢她酿造出如此美好的清酒，带给我们如此美好的稻米发酵物。

其实，有时候，人是需要一些信念的支撑。

很多时候，你做的事情，不被身边的人所理解，或许在他们眼中的你，包括你所执着的事业都很奇怪，但只要你追随自己的内心，坚信自己的坚持，那这一切就值得奋不顾身义无反顾的一路向前。从2013年我打算要做自己的品牌“JUNPING”开始，我就想说我不仅要坚持用更天然的原料，还要找到能够更好发挥天然产物功效的技术，就连香气我也坚持一定要用高品质的天然精油。有时候为了寻找某种非常难得的天然提取物，如果没办法亲自跑到原产地和蒸馏厂去看一看，我就无法放心。

记得2015年从杭州出发去往保加利亚，一路上飞机晚点，遇到大暴雨迫降，滞留莫斯科机场，中途又辗转落地索菲亚机场，最后还要转乘大巴横穿整个保加利亚，整整四十八小时没沾床，可站到玫瑰花田的那一瞬间，我完全被眼前的美好景象所深深震撼，全然忘却了这一路走来的旅途疲惫。

当然，有的时候我也会看到某些网上的所谓“风凉话”，人们对于某种新生事物缺乏全面了解就匆匆地评头论足，这种做法早已是司空见惯的了。即便如此，我还是不会放弃，继续这样做下去，我连和他们反驳的时间都没有，因为我不想为不理解我的人浪费时间，我不也想因为辩解去浪费自己的生命。

虽然话说得洒脱，但有时候还是需要一些精神的滋养。

在日本，我认识了很多老师，他们一生悬命，倾注全部的心力，年复一年日复一日的去做好一件事一个产品，而这种职人精神，被他们认为是自己存在于这个世界的意义。

我活到今天，已经三十六个年岁了，曾经做过IT男，后来因为自己

的身体的原因学习芳香疗法，重新开始进入一个全新的领域，随后又阴差阳错做了护肤品，我想老天爷安排我走这样一条奇怪的路，一定也有他的道理吧。

我越来越喜欢自己所做的事情，因为我知道，越来越多的人爱上了我做的产品，这就够了。记得前年年底，我送给自己九个字“坚守信念，为自己而活”。

这句话，与诸君共勉。

图书在版编目（CIP）数据

愿你能静守生活，愿你能走遍天涯 / 俊平大魔王著. --南京：江苏凤凰文艺出版社，2018.1
（抹香鲸）

ISBN 978-7-5594-1270-6

Ⅰ. ①愿… Ⅱ. ①俊… Ⅲ. ①随笔—作品集—中国—当代 Ⅳ. ①I267.1

中国版本图书馆CIP数据核字（2017）第249688号

书　　名	**愿你能静守生活，愿你能走遍天涯**
著　　者	俊平大魔王
责任编辑	黄孝阳　王　青
特约编辑	谭　欣
出版发行	江苏凤凰文艺出版社
出版社地址	南京市中央路165号，邮编：210009
出版社网址	http://www.jswenyi.com
印　　刷	北京鹏润伟业印刷有限公司
开　　本	880×1230毫米 1/32
印　　张	8.5
字　　数	135千字
版　　次	2018年1月第1版　2018年1月第1次印刷
标准书号	ISBN 978-7-5594-1270-6
定　　价	48.00元